Exilados

James Joyce

EXILADOS

Tradução, introdução e notas
Alípio Correia de Franca Neto

ILUMINURAS

Título original:
Exiles

Capa:
Estúdio A Garatuja Amarela
Fê

Revisão:
Ariadne Escobar Branco

Fotolitos de capa:
Fast Film - Editora e Fotolito

Composição e filmes de miolo:
Iluminuras

ISBN: 85-7321-192-X

2003
EDITORA ILUMINURAS LTDA.
Rua Oscar Freire, 1233 - 01426-001 - São Paulo - SP - Brasil
Tel.: (0xx11)3068-9433 / Fax: (0xx11)3082-5317
iluminur@iluminuras.com.br
www.iluminuras.com.br

ÍNDICE

MUNDO SUSPENSO NO VAZIO

Alípio Correia de Franca Neto

Para Ana Paula Campolim Monteiro

Escrita entre os anos de 1914 e 1915, quando Joyce estava prestes a terminar *Um retrato do artista quando jovem*, e quando os primeiros capítulos de *Ulisses* já estavam sendo esboçados, a peça *Exilados*, o "drama solitário" de Joyce, foi publicada pela Grant Richards em Londres e pela Vicking Press em Nova York em 1918.

A estréia mundial nos palcos ocorreu não na Inglaterra nem na Irlanda, mas na Alemanha, no teatro Münchener, em Munique, em 9 de agosto de 1919. Só em 1925 é que a peça voltaria a ser encenada em Nova York, e em Londres um ano depois. Desde essa época até os anos de 50, haveria apenas mais seis montagens, uma delas, pela primeira vez, em Dublin, sete anos após a morte de Joyce. Dentre essas montagens, a que parece ter sido aclamada como a mais bem-sucedida foi a de Harold Pinter, feita em Londres em 1970 (e repetida pela Royal Shakespeare Company no Aldwych Theatre no ano seguinte). Curiosamente, sabe-se que na ocasião as platéias quase unanimemente acharam que a interpretação que Pinter fez da peça a tornou emocionante, mas críticos e joycianos afirmaram que a atmosfera da encenação evocava mais o universo de Pinter do que o de Joyce. Bernard Benstock descreveu o que lhe pareceu o efeito geral da montagem: "Todas as falas foram interpretadas com precisa polidez num *tempo* lento, permitindo-se que um pouco de emoção em algum momento violasse a forma cerimoniosa; um subtom de ameaça silenciosa perpassava a peça, conferindo certa forma às falas mais 'inocentes'; e não se permitiu na interpretação nenhuma sugestão da ironia joyciana. Foi magnífico, mas não foi inteiramente Joyce".[1] Vicki Mahaffey lembra que a ênfase dada pela interpretação de Pinter a uma aparente gravidade convencional da peça entrava em conflito com a suposição de que "um texto joyciano deve ser, necessariamente, irônico".[2]

1) Citado por Vicki Mahaffey, "Joyce's shorter works", in *The Cambridge companion to James Joyce*, Derek Attridge (org.). Cambridge, Cambridge University Press, 1990, pp. 200-1.
2) Idem, p. 201.

Na verdade, não há consenso sobre se a peça *Exilados* é essencialmente irônica, nem sobre se sua ironia é apenas esporádica, a exemplo das demais "obras menores" de Joyce — as *Epifanias*, *Música de câmara*, *Giacomo Joyce* e *Pomas, um tostão cada*; ou seja, grande parte da controvérsia entre os estudiosos gira em torno da dúvida sobre o êxito do Joyce dramaturgo no que concerne aos efeitos que ele próprio cria — se ele foi capaz de lograr aquele "distanciamento", que Eliot chamava de "correlato objetivo", apropriado a uma compreensão clara e universal — enfim, se Joyce, "como o Deus da criação", permaneceu "dentro ou atrás ou além ou acima de sua obra, invisível, aprimorado fora da existência, indiferente, aparando as unhas".[3]

Além do mais, o tom retórico e até declamatório que ressalta vez por outra em algumas falas foi a causa de alguns críticos acusarem a linguagem em que a peça está vazada de "rígida", "literária", que soa como "linguagem altamente dramática", mas que "não resulta de modo nenhum em drama".[4]

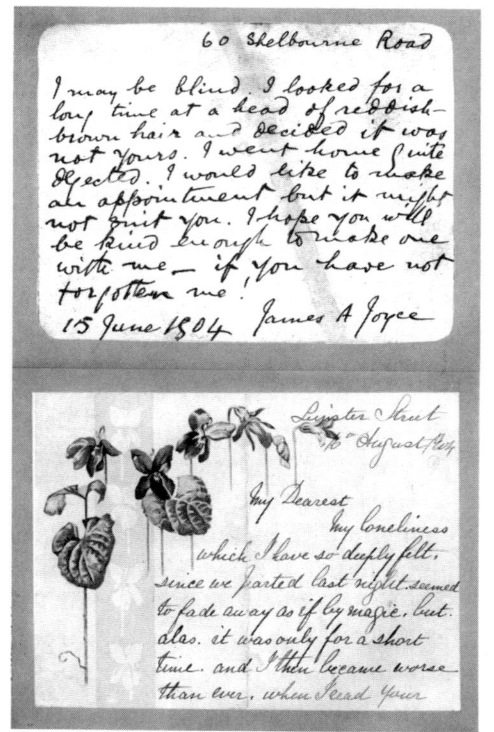

60 Shelbourne Road

I may be blind. I looked for a long time at a head of reddish-brown hair and decided it was not yours. I went home quite dejected. I would like to make an appointment but it might not suit you. I hope you will be kind enough to make one with me — if you have not forgotten me!

15 June 1904 James A Joyce

Uma das primeiras cartas de Joyce.

Leinster Street
16 August 1904

My Dearest
My Loneliness which I have so deeply felt, since we parted last night seemed to fade away as if by magic. but. alas. it was only for a short time. and I then became worse than ever. when I read your

Uma carta de Nora para Joyce.

3) JOYCE, James. *Um retrato do artista quando jovem.* São Paulo, Siciliano, 1992, p. 214.
4) BURGESS, Anthony. *Homem comum enfim.* São Paulo, Companhia das Letras, 1994, p. 80.

A composição dos caracteres também muitas vezes foi posta em questão: Richard Rowan, o protagonista da peça, pareceu a muitos críticos uma personagem por demais excêntrica, introspectiva e arrogante, moldada como teria sido na personalidade de seu criador e, portanto, tornada, por assim dizer, "sacrossanta"; de Robert Hand se disse que, "apesar do cuidadoso delineamento de sua formação, de todos os seus sentimentos elevados e epigramas, jamais ganha vida autônoma";[5] Beatrice também se afigurou a alguns leitores uma personagem sem consistência, desprovida de um alto grau de realidade; só Bertha parece ter granjeado a simpatia da maior parte dos leitores, por ter uma "centelha de vida" das heroínas ibsenianas, ainda que não escape por vezes da acusação de servir, como as demais personagens da peça, de reflexo ou caixa de ressonância da personalidade de Richard.

Aliás, com respeito a Ibsen, boa parte da discussão em torno do drama tratou com demasiada ênfase do suposto débito de Joyce para com o dramaturgo norueguês, motivo pelo qual exegetas do porte de um Anthony Burgess, por exemplo, chegaram a considerar a obra apenas como um "exemplo clássico do que um íntimo estudioso de Ibsen consegue fazer caso não tenha talento para o palco."[6]

Monumento a Ibsen, em Skien, Noruega.

Por fim, devido ao fato de *Exilados* ser considerada uma das obras mais autobiográficas de Joyce — já se disse que o ator que interpretar Richard Rowan terá a oportunidade de fazer o papel de James Joyce —, as variadas abordagens críticas que se ocuparam com detectar minuciosamente pessoas e acontecimentos que serviram de pano de fundo à peça[7] — abordagem aparentemente inevitável no caso de Joyce, a quem o objetivo de a arte se libertar da vida era uma "impossibilidade sentimental" — por vezes podem ter dado a impressão de não aquilatar muito o valor artístico da obra.

5) Idem, ibidem.
6) Idem, ibidem.
7) Para mais informações sobre essas pessoas e acontecimentos, ver notas à peça.

Até aqui arrolei propositadamente opiniões "negativas" sobre a peça, só para agora ressaltar que ela *não é* o que parece à primeira vista — um mero "exercício" de um artífice que, em "silêncio, no exílio e com sagacidade" criou o grande épico em prosa de nossos tempos; uma incursão malsucedida num terreno que ele conhecia pouco; nem apenas um "tributo singelo" de sua adoração por Ibsen. Aliás, um dos assuntos de que o drama de Joyce trata é justamente o da dúvida sobre se as coisas realmente são o que parecem — e por isso gostaria de sugerir que pode ser proveitosa a *suspeita* de que o efeito dramático mais surpreendente que ele procura suscitar em nós na fruição da obra é o dessa "dúvida". Também gostaria de propor que reações ambíguas quanto à peça podem derivar da indeterminação de seu gênero, ou melhor, de um hibridismo de gêneros e modalidades literárias do dramático, de vez que, em busca de uma forma apropriada a semelhante efeito, Joyce combina convenções desses gêneros e modalidades e passa de uma a outra; que semelhante incorporação de traços de genêro literário diverso na peça se coaduna à perfeição com suas reflexões sobre drama iniciadas em sua adolescência e que, desse ângulo, *Exilados* constitui uma tentativa muito coerente de objetificar essas reflexões até àquele momento de sua vida, trazendo, com sua aparência de "peça-problema" típica da virada do século, a marca de todo texto joyciano — o supremo esforço de lograr um uso novo e criativo da linguagem. A verdade, porém, é que a apreciação do tratamento que ele dispensa aos temas da peça — o Artista como Outsider, Exílio, Traição, Igualdade, ou Guerra, entre os Sexos etc., temas que lhe foram caros e que recorrem em outras obras — pode ganhar muito quando feita à luz de tendências filosóficas e artísticas da época, e a partir de agora lançarei mão de digressões um tanto longas, com vistas a proporcionar contextos mais amplos que ajudem a aclarar um pouco o significado desses mesmos temas para Joyce.

* * *

O interesse de Joyce pelo teatro e seu conhecimento prático do palco se acha documentado num sem-número de referências em suas obras.[8] Sabe-se que ele

8) A primeira participação de Joyce no palco deu-se quando ele era ainda um menino, num domingo de Pentecostes, numa peça em que ele tinha um papel principal. O acontecimento foi registrado em *Um retrato do artista quando jovem*: "Ele fora escolhido para o papel por causa de sua estatura e de suas maneiras graves... Enquanto lhe faziam rugas na fronte e lhe pintavam as mandíbulas... ele ouvia distraidamente a voz que o solicitava a que falasse em alto e bom som e fizesse seu papel claramente. Ele sabia que em alguns momentos o pano se ergueria. Não sentia nenhum medo do palco, mas a lembrança de algumas de suas falas fez com que um súbito rubor lhe assomasse às faces pintadas... Alguns momentos depois ele se viu no palco em meio ao palavreado espalhafatoso

estava familiarizado com a literatura dramática de muitas línguas, até mesmo com a chinesa e hindu. Como atores, Joyce e Nora tiveram participação ativa no palco ou fora dele em diversas produções na Irlanda e na Suíça, e Joyce foi um inveterado amante do teatro em cada país que visitou. Além do mais, ele empenhou-se vigorosamente na discussão sobre os rumos do teatro em seu país, e, quanto a isso, suas objeções ao Renascimento Literário Irlandês são bem conhecidas, e, por vezes, chegaram a ser expressas com considerável força e revolta.

Nora Joyce, representando uma jovem das Ilhas Aran em A cavalo rumo ao mar, *de John Synge.*

Chamou-se de Renascimento Literário Irlandês à onda de escrita criativa ocorrida mais ou menos no começo do século XX. Durante a maior parte do século XIX, o entusiasmo e o idealismo na Irlanda haviam tendido à política em vez de à literatura. O nacionalismo político, até então em recrudescimento em face da oposição do Parlamento Britânico quanto a reconhecer uma autonomia por parte da Irlanda, em 1890 acabou por receber um duro e inesperado golpe, e cindiu-se de alto a baixo, em conseqüência do malsinado envolvimento do grande líder da Irlanda na época, Charles Stewart Parnell, com Kitty O'Shea, mulher do capitão W.A. O'Shea, e de sua incriminação como co-réu na ação de divórcio entre o casal. Depois disso, Parnell, que até então fora a encarnação das esperanças do povo quanto a conseguir o autogoverno para o país por meio de uma estratégia de ação parlamentar, foi violentamente condenado pela Igreja irlandesa e teve de renunciar à liderança do partido irlandês no Parlamento. Pormenores aqui seriam descabidos, mas é possível ter um vislumbre do sentimento de desilusão e angústia que se apoderou do povo no conto "Dia de hera na sede do comitê", constante de *Dublinenses*, e na discussão de família no começo de *Um retrato do artista quando jovem.*[9]

---

e ao cenário escuro, atuando diante de inúmeros rostos no vazio. Causava-lhe surpresa ver que a peça que nos ensaios ele tomara por uma coisa desarticulada e sem vida assumira de súbito uma vida própria. Ela parecia agora encenar-se a si mesma, ele e seus colegas atores ajudando-a com seus papéis".

9) Na verdade, a primeira composição que se conhece de Joyce foi um poema que ele escreveu sobre Parnell aos nove anos.

Depois da queda de Parnell, sentiu-se a necessidade de converter a energia política nacionalista em ação cultural. Assim, Standish O'Grady, com sua *História da Irlanda*, foi o primeiro a evocar o passado legendário e nobre do país. Com o passar do tempo, fundaram-se organizações, como a Sociedade Literária Irlandesa, de 1892, e a Liga Gaélica, de 1893, com o objetivo de despertar nas pessoas a consciência de que elas faziam parte de uma nação com uma língua independente. O gaélico se afigurava a alguns escritores um veículo nativo para a literatura, e eruditos como Douglas Hyde, fundador da Liga Gaélica (e que posteriormente haveria de se tornar o primeiro Presidente da nova República da Irlanda), bem como o expatriado George Moore, chegaram a escrever nessa língua.

À proporção que essa ação cultural ganhava impulso, e os escritores começavam a explorar o que lhes parecia o rico filão do folclore irlandês, o teatro veio a se constituir em uma de suas linhas de força. Com isso, haveriam de ser fundados o Teatro Literário Irlandês, em 1899, a Sociedade de Teatro Nacional Irlandesa, em 1901, e o Teatro da Abadia, em 1904.

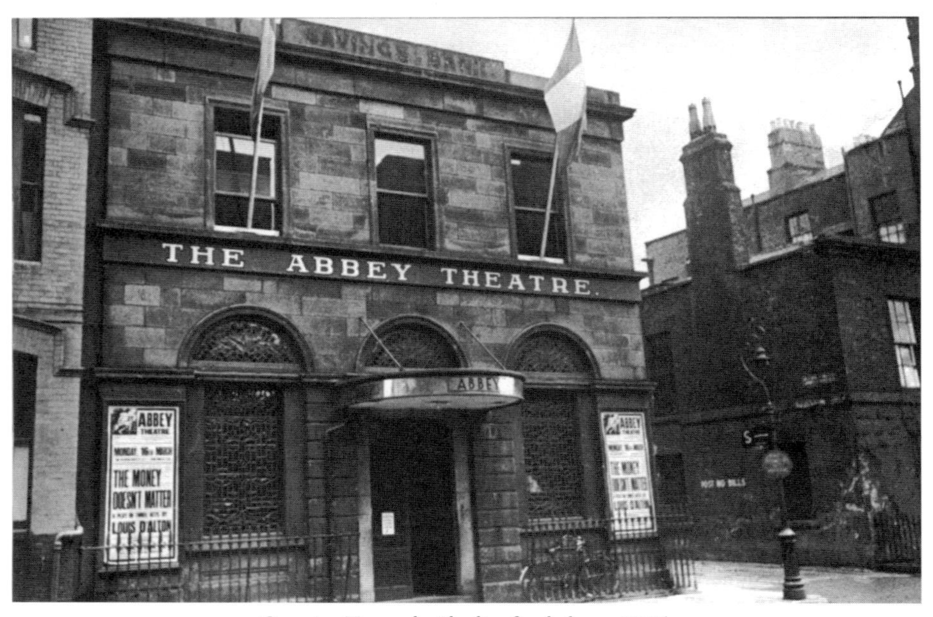

O antigo Teatro da Abadia, fundado em 1904.

O novo movimento teatral ficou a cargo de cinco ou seis indivíduos com objetivos, obviamente, diferentes. Yeats, então um jovem poeta, não era católico mas sim um homem da Igreja Irlandesa, e sua produção inicial não era "irlandesa" nem no que tange à ambientação nem à temática. Sua conversão ao nacionalismo deu-se aos poucos, mas, como disse John Gassner, "o teatro interessou-o não como fórum nem plataforma, mas como um templo para a poesia mística e um auditório para a poesia falada".[10] Ele estava interessado nas possibilidades do verso dramático, e já tivera uma peça em versos encenada em Londres. Edward Martyn, que se tornara conhecido por sua oposição ao recrutamento de irlandeses voluntários para a Guerra dos Bôeres e que havia assumido a presidência do partido Sinn Fein, nutria um entusiasmo diretamente oposto ao de Yeats; Martyn era um admirador das obras de Ibsen, menos das que apresentavam o conteúdo poético que foi capaz de cativar Joyce e Yeats e mais das que lidavam com problemas de política local.

W.B. Yeats.

Outro associado ao movimento foi o primo de Martyn, George Moore, que tivera certa experiência prática no mundo do teatro em Paris e Londres, e que alimentava um interesse especial pelo campesinato irlandês. Martyn e Moore eram católicos, e conheceram Yeats na casa da vizinha protestante de Martyn, Lady Gregory, a qual por sua vez havia principiado sua carreira coligindo antologias de folclore que se tornariam famosas. A partir disso, ela passou a escrever comédias e farsas, que se tornariam muito populares, voltadas que estavam também ao campesinato da Irlanda e vazadas na linguagem das pessoas humildes. Além disso, Lady

Lady Gregory.

10) Gassner, John. *Mestres do teatro II.* São Paulo, Perspectiva, 1980, pp. 225-6.

Gregory contribuiria com apoio financeiro e diplomacia em cargos administrativos, já que, ao lado de Yeats e posteriormente de John Synge, ela viria a ser diretora do Teatro da Abadia, surgido graças à munificência de Miss Horniman, uma entusiasta do teatro.

Esses expoentes, na verdade, eram literatos. Os egressos diretamente do mundo teatral que haveriam de se incorporar ao movimento foram, por exemplo, os irmãos William e Frank Fay, que haviam atuado no teatro amador em Dublin e em algumas províncias. Os irmãos Fay se aproximariam do poeta George Russell ("A.E."), que desenvolveria em sua obra temas ligados à teosofia indiana, e de Douglas Hyde, e o primeiro os colocaria em contato com Yeats. Com o tempo, somar-se-iam ao movimento dramaturgos rematados como Padraic Colum, autor de peças que tratavam de temas tais como o conflito entre o apego das gerações antigas a sua terra e a atração de gerações mais novas pelo grande mundo. Dentre esses autores, o que reuniria o maior número de características desse movimento teatral foi indiscutivelmente John Synge, cujas peças, em linhas gerais, buscavam inspiração na imaginação popular e eram marcadas por um ultra-realismo da linguagem, em que ele buscava destilar poesia ao se valer da fala cotidiana e de dialetos locais.

George Russell ("A.E.").

As encenações visavam ao realismo no cenário, no figurino e na linguagem, à exceção das peças em verso; o gestual desnecessário era condenado, bem como se evitava que algum ator conhecido se destacasse entre os do elenco. As peças, é claro, eram "de autores irlandeses sobre temas irlandeses". Em suas memórias,

William Fay escreveu que na época cada peça inevitavelmente deparava duas questões: era ela uma injúria ao povo irlandês?, seria uma afronta à fé? Quando o Teatro Literário Irlandês (que haveria de se tornar o Teatro da Abadia) deu início a sua programação, em maio de 1899, com uma peça de Yeats, *The countess Cathleen* [*A condessa Cathleen*] — peça em que uma filantropa vende a alma ao diabo para ajudar seu povo numa época de fome —, houve grande celeuma. Antes que ela entrasse em cartaz, correram boatos de que fosse herética; na estréia, a que Joyce compareceu, um grupo de estudantes vaiou os trechos da obra que considerou antiirlandeses. Joyce por sua vez aplaudiu-a vigorosamente, e logo depois se recusou a assinar uma carta de protesto a ser enviada ao *Freeman's Journal* numa iniciativa de condiscípulos de Joyce — Kettle, Skeffington, Byrne e Richard Sheehy.[11] Eles exigiam uma participação maior de intelectuais católicos na vida artística de Dublin. Ellmann supõe que os elementos da peça que podem ter agradado a Joyce foram o cristianismo de caráter simbólico, em vez de doutrinário; uma representação mais realista dos camponeses, que, para o descontentamento de alguns, eram retratados na peça como ignorantes e supersticiosos, e um tema da predileção de Joyce — o do artista sacrificial para os de sua raça.

Depois disso, seu entusiasmo pelo Teatro Literário Irlandês pareceu aumentar. Ele assistiu à segunda peça encenada pela companhia e a aprovou — *The heather field* [*O campo de urzes*], de Edward Martyn, uma peça sobre um herói irlandês idealista que em determinado momento sugere que o teatro poderia seguir o exemplo de Ibsen — e para ela chegou a escrever um programa. Em fevereiro de 1900, também assistiu à representação de outra obra de George Moore e Edward Martyn, *The bending of the bough* [*O ramo que se verga*], e em seguida escreveu uma obra teatral, *A brilliant career* [*Uma carreira brilhante*],[12] provavelmente com a

Eleonora Duse.

11) Ellmann, Richard. *James Joyce.* São Paulo, Globo, 1989, p. 94.

12) Ellmann registra as palavras de Joyce na página de dedicatória "Para minha própria alma dedico o primeiro verdadeiro trabalho de minha vida". Para mais informações sobre essa peça de Joyce, ver Ellmann, Richard, op. cit., pp. 107-8.

intenção de apresentá-la ao Teatro Literário Irlandês, mas William Archer, um dos críticos mais importantes da época e ele próprio tradutor de Ibsen, apesar da atenção que dispensou ao jovem escritor, esfriou-lhe um pouco o ânimo, fazendo ressalvas à peça.[13] Além dessa tentativa de incorporar-se ao movimento, Joyce principiara outra, a de preparar traduções de Hauptmann, pois anteriormente Yeats havia dito que o Teatro Literário Irlandês em seu repertório também apresentaria peças de autores continentais. Quando Joyce ficou sabendo que as peças seguintes do repertório seriam *Casad-na-Súgán*, da autoria de Douglas Hyde e escrita em irlandês, e *Diarmuid and Grania*, que Yeats e Moore haviam concebido a partir de uma lenda heróica irlandesa, Joyce de imediato escreveu um artigo indignado, condenando o paroquialismo desse teatro. Esse panfleto ele o chamou de *The day of rabblement* [*O dia da ralé*], e nele é apresentado seu ideal de artista.

As crenças de Joyce sobre as necessidades artísticas da Irlanda de seu tempo dão forma a esse ideal, mais complexo do que pode parecer a princípio, e envolvido de uma aura religiosa. "Nenhum homem, disse o nolano, pode ser amigo da verdade ou do bem a não ser que abomine a multidão; e o artista, embora possa se servir dela, toma bastante cuidado para isolar-se dela", são suas primeiras palavras em *O dia da ralé*, "nolano" no caso sendo uma alusão a Giordano Bruno,[14] um dos filósofos prediletos de Joyce em virtude do seu espírito de rebeldia, e por ter arrostado a autoridade filosófica, religiosa e científica de sua época; por sua condição de perpétuo exilado — que Joyce haveria de partilhar — e por ter sido queimado como herege.[15] Os autores que ao longo de sua carreira Joyce elegerá como modelos de um modo geral foram perseguidos, execrados ou mortos; a atenção dele se voltará ao artista que, por ter revelado verdades intoleráveis à sociedade, ou identificado suas desgraças às de seus compatrícios, é tipicamente uma vítima da traição deles. Traição é

13) Idem, p. 109.

14) Em *Stephen, o herói*, a personagem-título alude ao livro *Spaccio della bestia trionphante* numa discussão com seu mestre italiano, o Padre Artifoni: "— Você sabe, ele [o Padre Artifoni] disse, o escritor, Bruno, foi um herege terrível. – Sim, disse Stephen, e ele foi queimado de maneira terrível". Cf. *Stephen hero*, Theodore Spencer (org.), John J. Slocum e Herbert Cahoon (rev.). Norfolk, CN: New Directions, 1963, p. 170. Em *O protetor do meu irmão*, Stanislaus Joyce escreve: "Jim manteve a referência ao 'nolano' [natural de Nola; no original, 'the Nolan'] intencionalmente, desconsiderando as minhas objeções, seu Tomé duvidoso. Ele queria que os leitores de seu artigo tivessem a princípio uma falsa impressão de que ele estivesse citando algum escritor irlandês pouco conhecido — o artigo definido antes de alguns antigos nomes de família sendo um título de cortesia na Irlanda —, de modo que, quando esses leitores descobrissem seu erro, o nome de Giordano Bruno pudesse talvez despertar algum interesse por sua vida e obra".

15) Note-se que os processos de composição do Giordano Bruno escritor, que no *Spaccio* entrelaça cada parte do livro com as demais de um modo que visa à totalidade da construção na narrativa, podem ter servido de inspiração a Joyce em sua escrita regida por um princípio de construção semelhante.

um tema joyciano, presente tanto em sua ficção como em seus ensaios. Stephen, Leopold e Molly Bloom se envolvem em relações de infidelidade; Buck Mullingan é o traidor por excelência, e esse tema é central para a compreensão de *Exilados*. Mais do que um tema, é uma obsessão para Joyce, a tal ponto que ele interpreta a história de seu próprio país como uma sucessão de traições. Em seu ensaio intitulado "A sombra de Parnell", a figura deste líder é aproximada da de Cristo, e Joyce menciona o apelo de Parnell para que não o entregassem às mãos dos "lobos ingleses":

> A melancolia que lhe dominou o espírito talvez tenha tido sua origem na profunda convicção de que, no momento crítico, um dos seus discípulos que molhava o pão na mesma tigela que ele o trairia (...) O último apelo cheio de orgulho que ele fizera a seu povo era para que seus compatriotas não o lançassem ao pasto dos lobos ingleses que uivavam a sua volta. Em honra de seus compatriotas, diga-se que eles não faltaram a esse apelo desesperado: eles não o lançaram aos lobos ingleses, eles próprios o fizeram em pedaços.[16]

A traição implica sempre algum tipo de solidariedade, adesão ou expectativa anterior entre quem será a vítima e quem o traidor. Joyce acreditava que a forma mais enganosa e perniciosa da vontade comum era o nacionalismo irlandês nessa época. Para ele, os nacionalistas se valiam hipocritamente de uma retórica da liberdade e da afirmação de uma "identidade" própria, enquanto o país vivia sob a dominação política da Inglaterra e a dominação espiritual de Roma. Num ensaio[17] excelente, Seamus Deane mostra de que modo Joyce, sendo um representante do Renascimento Celta, foi seu crítico mais implacável, ao analisar a psicologia da sujeição do povo irlandês do ponto de vista de sua tentativa infrutífera de encontrar "raízes" que lhe conferissem a sensação de segurança de uma "identidade". Joyce, que passou toda a vida escrevendo sobre a Irlanda, não era um nacionalista, e acreditava que os escritores ligados ao Renascimento estavam cedendo à pressão pública ao aceitar uma versão ilusória e caricatural, mas popular, da imagem da Irlanda. A pretexto de serem uma tentativa de "resgatar as raízes", tais tendências lhe pareciam puro provincianismo; para ele, o resgate das "origens" deveria dar-se "não por uma romantização da vida rural e campesina",[18] nem pela nostalgia do celta e de sua língua perdida. Joyce estava interessado em outra espécie de "origem" — a que se repete na história do indivíduo e da humanidade. A "consciência mítica" de Joyce, em

16) JOYCE, James. "The shade of Parnell". *The critical writings of James Joyce*, Ellsworth Mason e Richard Ellmann (orgs.). Londres, Faber and Faber, 1959, p. 228.

17) DEANE, Seamus. "Joyce the Irishman". *The Cambridge companion to James Joyce*. Cambridge, Cambridge University Press, 1990, pp. 31-53.

18) Idem, p. 39.

constante funcionamento, reconhece que "a repetição é a lei desse universo; em cada evento, o evento originário reaparece. A origem sempre está conosco".[19] Na história da Irlanda ele detecta padrões da história da humanidade; seus líderes atraiçoados — da queda do Rei Rory O'Connor até perfazer um círculo com a morte do radical republicano Rory O'Connor[20] em 1923 — são partícipes do drama eterno da Queda do Homem, e o artista execrado em conseqüência da verdade espiritual que revela repete os passos do arquétipo do Salvador traído pelos que haveria de libertar. Ao artista, por excelência o buscador dessas reais "origens", é perigosa a falsa solidariedade oferecida pela multidão. Granjear-lhe a simpatia, fazendo concessões às convenções literárias e ao gosto popular, é submeter-se à escravidão e degradar sua integridade, a ser preservada sob pena de se pôr em risco a vida. "Enquanto não houver se livrado das influências mesquinhas — o entusiasmo exagerado e a insinuação hábil e toda lisonja da vaidade e das ambições inferiores — nenhum homem é de fato artista".[21] Obviamente, o sentimento de "solidão" advindo disso foi a marca de muitos artistas. Desse ângulo é que Joyce interpretaria, dentre outros vultos de sua predileção, o destino trágico de Oscar Wilde.

Num outro ensaio, escrito por Joyce em italiano e datado de 24 de março de 1909, por ocasião da exibição de *Salomé*, de Strauss, em Trieste, ele identifica o que seria o "impulso", a "verdade" da vida e da arte de Oscar Wilde, enquanto lhe aponta as ilusões quanto a ter-se julgado um apóstolo de um "neopaganismo a um povo de escravos", quanto a "servir a uma teoria da beleza... que deveria trazer de volta uma Idade de Ouro e a alegria da juventude do mundo" —, verdade que coincide com aquela "inerente à alma do catolicismo: a de que o homem não pode alcançar o coração divino exceto por meio do sentido de separação e perda que se chama pecado".[22] Em termos que lembram seu modo característico de expressar-se por meio da *coincidentia oppositorum*, aqui ele justapõe sagrado e profano, e a figura de Wilde assume conotações religiosas. No mesmo ensaio, Joyce conclui que a condenação de Wilde

> ... não foi a simples reação de uma consciência limpa (...) Wilde escreveu que cada qual vê seu próprio pecado em Dorian Gray (...) Ninguém disse e ninguém sabe quais foram os pecados de Dorian Gray. Aquele que os adivinha os cometeu.[23]

---

19) Idem, p. 49.
20) Exemplo citado por DEANE, Seamus, op. cit., p. 49.
21) JOYCE, James. "The day of the rabblement". *The critical writings of James Joyce*, Ellsworth Mason e Richard Ellmann (orgs.). Londres, Faber and Faber, 1959, p. 69.
22) JOYCE, James, op. cit., p. 205. Na mesma edição, Ellmann cita um trecho da obra *Tables of the law* [*As tábuas da lei*] de Yeats, em que se lê: "e em meu infortúnio foi-me revelado que o homem só pode chegar àquele Coração por meio do sentido de separação quanto a ele a que chamamos pecado".
23) Idem, p. 204.

Pela verdade espiritual que revela, o artista se torna "um estranho em seu país, uma figura pouco simpática nas ruas, onde é visto andando só, como quem cumpre penitência por algum pecado antigo". Essas palavras, igualmente verdadeiras para o caso de Wilde, foram tiradas de um ensaio que Joyce escreveu sobre um outro artista, também um irlandês, mas sem a fama e a envergadura do talento de seu conterrâneo — James Clarence Mangan (1803-1849), considerado hoje um predecessor importante de Joyce, e cuja vida infeliz também foi tornada aos olhos dele um exemplo da alienação característica do artista legítimo.[24] Os casos emblemáticos de Wilde e de Mangan revelam que, para Joyce, o problema da representação da realidade não era só lingüístico, mas também político. Não se tratava apenas de *como* devia ser a representação da vida na obra de arte, mas *do que* representar nela. Ele reconhece esse problema como fundamental para a arte na Irlanda de seu tempo, e em *Ulisses* toca nessa questão numa passagem que opera uma sutil inversão de preceitos de Wilde, no prefácio de *O retrato de Dorian Gray*, segundo os quais

> A aversão do século XIX ao Realismo é a cólera de Calibã por ver o seu rosto num espelho.
>
> A aversão do século XIX ao Romantismo é a cólera de Calibã por não ver o seu próprio rosto num espelho.[25]

Este é o trecho de *Ulisses* em questão:

> Deslizou o espelho em meio círculo no ar para faiscar nas ondas longes ao revérbero solar agora irradiante sobre o mar. Seus curvos lábios escanhoados riam e as pontas de seus brancos dentes resplandecentes. O riso tomou-lhe o forte tronco compacto.
>
> — Contemple-se — disse —, seu bardo execrável.
>
> Stephen recurvou-se para a frente e afundou os olhos no espelho sustido ante ele, fendido numa rachadura curva, cabelo em pé. Como ele e os outros me vêem.

---

24) As conferências que Joyce fez sobre Mangan deixam transparecer o mesmo tema da traição — mas também revelam outros aspectos na carreira de Mangan que exerceram atração sobre Joyce —, por exemplo, a competência lingüística de Mangan, que conhecia "vinte línguas, mais ou menos... e era versado em muitas literaturas". Boa parte da poesia de Mangan era constituída de traduções, de línguas tão exóticas quanto o árabe, o copta e o turco — línguas que, como hoje se sabe, Mangan não dominava. Ao destacar esses aspectos, Joyce faz o que lhe é habitual — interpreta autores eleitos por ele à luz de sua própria imagem; mas diga-se que a tradução como ato de reapropriação desempenhou um papel importantíssimo na literatura da Irlanda do século XIX, país em que a riqueza da literatura em irlandês começava a ser resgatada na língua inglesa como parte do esforço em prol de um novo nacionalismo cultural. Como disse Deane, a tradução dessa antiga literatura era a um só tempo "afastamento" da fonte original e "reapropriação do que fora perdido", e a carreira de Joyce foi marcada por essas mesmas preocupações.

25) Também citado por Seamus Deane.

> Quem escolheu esta cara para mim? Esta carnicarcaça a sacudir sanguessugas. Ele me pede a mim também.
>
> — Surrupiei-o do quarto da virago — Buck Mullingan dizia. — Bem feito para ela. A tia reserva sempre criadas chochas para o Malachi. Para não induzi-lo à tentação. E se chama Úrsula.
>
> Rindo de novo, retirou o espelho aos olhos perscrutantes de Stephen.
>
> — A fúria de Calibã por não ver a própria imagem ao espelho — disse. — Se ao menos Wilde estivesse vivo para vê-lo.
>
> Recuando e apontando, Stephen disse com amargura:
>
> — É um símbolo da arte irlandesa. O espelho rachado de uma criada.[26]

Com seu caráter malicioso e humor ofensivo, Mulligan é um mero epígono de Wilde, um "usurpador", o homem que pretende "helenizar" a ilha, e o espelho voltado para o mar está rachado e pertence a uma raça servil que "não pode suportar ver seu próprio reflexo doloroso no espelho, nem suporta perceber que sua natureza autêntica não se acha refletida no espelho".[27] Os instrumentos de que dispõe a arte irlandesa são deficientes, a Irlanda é um lugar atrasado, uma "Caverna de Éolo", como disse Deane, prejudicial à independência e integridade do artista. Em função disso se define o sentido de "exílio" no final de *Um retrato*, antes de Stephen partir para forjar na forja de sua alma a "consciência incriada" de sua raça. Para Joyce, exilar-se pode ter sido uma alternativa para que se resguardasse do provincianismo, que ao olhos dele parecia uma doença, uma paralisia retratada em sua obra de modo clínico, por meio de enredos banais e de um estilo, como ele mesmo definiu, de uma "mediocridade escrupulosa", capazes de "... trair a alma de hemiplegia... que muitos consideram uma cidade".[28]

Ao apontar o que lhe parecia a debilidade da arte irlandesa, Joyce propõe seu ideal de artista, "Sem medo, à margem, sem ninguém", imbuído da missão de operar uma catarse entre os homens, tendo a escrita como ato e processo de transubstanciação ("no ventre virgem da imaginação o verbo se fez carne") e veículo para se fixar a "epifania". O pasquim de Joyce intitulado o *Santo ofício* conjuga desde o título a idéia da arte como um "ofício sagrado", bem como a de "condenação", por aludir também ao Tribunal da Inquisição, e é um documento importante no que concerne às idéias de Joyce acerca do tema do artista como sacerdote da arte e sua relação com as massas. A essa altura, talvez seja conveniente lembrar o que Michael Hamburger chamou de "utopia pueril" ao se referir às origens da visão da literatura

---

26) JOYCE, James. *Ulisses*, Antônio Houaiss (trad.). São Paulo, Abril, 1980, pp. 13-4.
27) "Joyce the irishman", in *The Cambridge...*, op. cit., pp. 36-7.
28) Também citado por Seamus Deane.

alçada ao status de religião na época moderna por parte de um sem-número de autores, visão iniciada por Baudelaire, perpetuada por Rimbaud e sobretudo por Mallarmé — uma "utopia pueril" que foi encarada por seus adeptos com seriedade o bastante para que muitos se convertessem em "artistas-santos, com seus próprios dogmas religiosos" e códigos de ascetismo.[29] Trata-se verdadeiramente da crença numa nova ordem do mundo, "não mais teológica, e sim artística; não mais antes e depois, e sim agora".[30] Para Joyce, a arte apropriada a essa nova ordem do mundo é o *drama*; no entanto, se os modelos de artista que ele propõe são dramaturgos continentais — Ibsen e Hauptmann — seu conceito de drama ultrapassa em muito a arte teatral, e pode ser mais bem compreendido quando nos voltamos para as reflexões de Joyce acerca disso iniciadas em sua adolescência, e que podem ser encontradas em seus escritos críticos e em passos de sua ficção.

* * *

Os ensaios de Joyce não constituem um *corpus* crítico comparável ao deixado por poetas que foram contemporâneos dele, como Eliot ou Pound, nem mesmo ao de romancistas como Virginia Woolf e D.H. Lawrence, mas, quem quer que se debruce particularmente sobre esses ensaios não deixará de notar a espantosa coerência com que neles certos princípios são desenvolvidos, e o modo pelo qual Joyce parece ter-se mantido fiel a eles ao longo de sua carreira. De qualquer maneira, não é por acaso que ele, que haveria de fazer de todos os seus romances obras dramáticas, tenha-se empenhado já em seus primeiros escritos em aprofundar sua concepção de drama.

Esta é gestada em ensaios que vão do número 4 a 8 na edição organizada por Ellmann[31] e que se ocupam respectivamente das pinturas de Munkacsy, de "Drama e vida", de Ibsen, do artista em relação às massas e de James Clarence Mangan, estes dois últimos sendo "O dia da ralé" e o ensaio sobre o poeta irlandês citados aqui. O ensaio "Drama e vida" parece levar a efeito uma síntese das idéias acerca de drama dispersas nos demais escritos, e a partir de agora me permitirei citar um tanto extensamente as passagens desse ensaio que me pareçam mais elucidativas dessas idéias.

A noção que Joyce tem de drama é bastante ampla, e ele atribui um lugar proeminente ao gênero, a exemplo do que Hegel fez em sua estética. Logo no começo de "Drama e vida", Joyce faz uma distinção essencial e inusitada entre

29) Hamburger, Michael. *The truth of poetry*. Londres, Anvil Press, 1996.
30) Scholes e Corcoran, "Estética e crítica". *riverrun, ensaios sobre James Joyce*, Arthur Nestrovski (org.). São Paulo, Imago, 1992, p. 89.
31) Joyce, James. *The critical writings...*, Ellsworth Mason e Richard Ellmann (orgs.), op. cit.

"drama" e "literatura",[32] talvez, como propõe Ellmann, tendo em conta o último verso da "Arte Poética" de Verlaine, "E tudo o mais é literatura":

> A sociedade humana é a encarnação de leis imutáveis que os caprichos e circunstâncias dos homens e mulheres envolvem e confundem. O domínio da literatura é o dessas maneiras e humores acidentais — um domínio vasto; e o verdadeiro artista literário se ocupa principalmente deles. O drama tem que ver em primeiro lugar com as leis fundamentais, em toda a sua nudez e divina severidade, e só de modo secundário com os agentes variados que os manifestam. Quando se reconhece isso, dá-se um passo para uma apreciação mais racional e verdadeira da arte dramática.[33]

O drama se ocupa essencialmente das "leis imutáveis... em toda a sua nudez e divina severidade", ao passo que a "literatura" é definida em termos de convenções, sujeitas à mudança no decorrer dos tempos e entre os povos.

Após mencionar o objeto do drama — as paixões eternas — Joyce procura uma definição para ele, e nesta novamente se mostra hegeliano na identificação que faz entre drama e conflito:

> Por drama entendo a ação recíproca de paixões; drama é conflito, evolução, movimento, independentemente de como se desdobre... Ele existe, antes que assuma uma forma, independentemente; é condicionado, mas não controlado, por seu cenário.[34]

Logo a seguir, a prosa assume o estilo engenhoso e lapidar que antecipa o das passagens em que Stephen expressa suas concepções estéticas em *Stephen, o herói* e em *Um retrato do artista quando jovem*, passagens não por acaso apresentadas em forma dramática:

> Poder-se-ia dizer de maneira fantástica que assim que homens e mulheres deram início à vida no mundo houve acima e em torno deles um espírito, do qual eles tinham uma vaga consciência, mas do qual eles teriam desejado a presença mais íntima entre eles, e de cuja verdade eles se tornaram buscadores no decorrer dos tempos, ansiando por se apoderar dele. Pois esse espírito é como o ar errante, pouco suscetível de mudança, e nunca abandonou seus sonhos, não os abandonará jamais enquanto o firmamento não for enrolado e guardado como um pergaminho. Por

---

32) No ensaio sobre James Clarence Mangan, Joyce confere à poesia o lugar ocupado pelo drama em "Drama e vida": "Há essa diferença entre a história e o poema: a história é um catálogo de fatos independentes, sem outro elo a não ser o tempo, o lugar, a circunstância, a causa e o efeito; o poema é a criação de ações de acordo com as formas imutáveis da natureza humana... uma é parcial e se aplica apenas a um determinado período de tempo...; o outro é universal". Cf. JOYCE, James. *The critical writings...*, Ellsworth Mason e Richard Ellmann (orgs.), op. cit., pp. 73-83.

33) JOYCE, James. *The critical writings...*, Ellsworth Mason e Richard Ellmann (orgs.), op. cit., p. 40.

34) Idem, p. 41.

vezes pareceria que o espírito assumiu sua morada dessa ou daquela forma, mas eis que, quando ele é maltratado, ele se vai, e a morada é deixada sem uso. (...) Assim, devemos distingui-lo [o espírito] de sua morada.[35]

Sempre lançando mão de metáforas religiosas, Joyce ecoa João, 14:2, em que se diz que "na casa de meu Pai há muitas moradas", e Apocalipse, 6:14, "o céu desapareceu como um pedaço de papiro que se enrola", e Scholes e Corcoran, no ensaio citado, lembram que a "idéia de um espírito que permanece presente durante toda uma era (do Éden ao Apocalipse) e ocupa uma morada em forma apropriada a determinado tempo para manifestar não a bondade mas a verdade" é a essência da *Estética* de Hegel.

Logo a seguir, ele dá as razões de por que uma pintura ou uma música podem ser "drama":

> (...) se uma peça, uma obra musical ou um quadro se ocupa de nossas esperanças, desejos e ódios eternos, ou se trata de uma maneira simbólica de nossa natureza e de suas múltiplas relações, se bem de uma fase dessa natureza, então ela é drama. Não falarei aqui de suas muitas formas. Em cada forma que não lhe era apropriada, deu-se uma explosão, como quando o primeiro escultor separou os pés. Moralidade, mistério, balé, pantomina, ópera, todos esses ele rapidamente percorreu e descartou. Sua forma apropriada, o drama, queda ainda intacta. Há muitos círios sobre o altar, embora um deles tombe.[36]

---

35) Idem, ibidem.

36) Em "Ecce Homo", um ensaio acerca de uma pintura do húngaro Michael Munkacsy (1844-1900), essa mesma concepção é expressa: "Por drama entendo a ação recíproca de paixões; drama é conflito, evolução, movimento, como quer que se desdobre... se uma peça de teatro, uma composição musical ou um quadro se ocupa das esperanças, desejos e ódios eternos da humanidade, ou se trata de uma representação simbólica da nossa natureza e de suas relações mais amplas, então isso é drama". Cf. JOYCE, James. *The critical writings...*, Ellsworth Mason e Richard Ellmann (orgs.), op. cit., p. 32. A propósito da "separação dos pés" na estatuária, de Scholes e Corcoran cito um trecho da explanação acerca do lugar que a escultura ocupa nas teorias estéticas de Hegel: "Para Hegel, tanto na *Fenomenologia do espírito* como na *Estética*, a escultura é a arte essencial do período clássico. A transição da arte egípcia do período simbólico (segundo Hegel, o primeiro, tanto categórica como historicamente), no qual a arquitetura é suprema, completa-se quando o 'artífice' do simbólico cede lugar ao escultor grego, que confere a suas estátuas a semelhança de vida. Um dos aspectos mais importantes da escultura do segundo período, o período clássico, é a independência dos membros. À estatuária egípcia, que se assemelha a pilares, segue-se a separação de braços e pernas na escultura grega. À arquitetura do primeiro período, que constrói um templo para o espírito, sucede-se a escultura do segundo período, no qual o espírito penetra na forma de um ser humano". No mesmo ensaio, Scholes e Corcoran citam outra passagem de "Ecce Homo" em que Joyce se ocupa da estatuária: "Na arte estatuária, o primeiro passo em direção ao drama foi a separação dos pés. Antes disso, a escultura era uma cópia do corpo, acionada por um impulso apenas nascente e executada segundo convenções de rotina. A influência da vida, ou sua semelhança, trouxe em breve a alma para a obra do artista, vivificou-lhe as formas e elucidou seu tema. Do fato de que a escultura tem como objetivo produzir um modelo de homem em bronze ou pedra, segue-se, naturalmente, que o impulso do artista o leva a retratar uma paixão instantânea". Cf. SCHOLES e CORCORAN, Arthur Nestrovski (org.), op. cit., p. 97.

Essa idéia de "explosão das formas" hoje pode parecer espantosamente profética da que se realizaria no interior do próprio texto joyciano, em sua contínua incorporação e abandono de modalidades literárias, a cada obra destruindo os fundamentos sobre que se assentavam suas obras anteriores.

No trecho a seguir, sua atenção se volta à personalidade do artista:

> Nas demais artes a personalidade, o toque original, a cor local, são considerados ornamentos, encantos adicionais. Mas aqui o artista renuncia à sua própria personalidade como um mediador na verdade terrível diante do rosto velado de Deus.[37]

Essas reflexões serão desenvolvidas nas palavras de Stephen na célebre passagem da teoria dos gêneros em *Um retrato do artista quando jovem* (o que mostra que, naquela época, Eliot não era uma voz solitária ao tratar da "fuga da personalidade", ou "impessoalidade", na arte) e depois na igualmente famosa cena da biblioteca em *Ulisses,* no capítulo "Cila e Caribde", em que, por meio de uma reconstrução imaginativa da personalidade de Shakespeare, Stephen afirma que o bardo inglês não se identifica com o príncipe Hamlet, mas com o espectro do velho Rei Hamlet, assassinado pelo irmão com a conivência da esposa — uma maneira pela qual Shakespeare teria projetado nas personagens seus conflitos conjugais com Anne Hathaway, que o teria traído com seus irmãos — a personalidade do autor estando, por assim dizer, "suspensa" nas relações entre eles.

Mas o vínculo estabelecido no título do ensaio entre "drama" e "vida", sendo para Joyce um sinônimo de "leis imutáveis", é tratado a seguir:

> Creio ademais que o drama surge espontaneamente da vida e é coevo dela. Cada raça criou seus próprios mitos e é nesses que o drama, por vezes, encontra sua expressão.[38]

Mais adiante, Joyce afirma que o drama não se deve prestar à ética, nem à religião, tampouco deve estar a serviço da beleza:

> Da mesma forma que há opiniões diversas acerca da origem do drama, também há acerca de sua finalidade. Quase sempre os devotos da antiga escola acreditam que o drama deve ter finalidades éticas especiais; que é necessário, para empregar a fórmula que lhes é cara, que ele instrua o espectador, eleve a alma e divirta. Eis aqui outras cadeias que os carcereiros legaram. (...) "Quando o mito cruza a fronteira e penetra o templo da adoração, as possibilidades de seu drama já diminuíram

37) JOYCE, James. *The critical writings...*, Ellsworth Mason e Richard Ellmann (orgs.), op. cit., p. 42.
38) Idem, p. 43.

consideravelmente" (...) "Uma afirmação mais insidiosa ainda é a afirmação da beleza (...) Então, sobretudo pelo fato de a beleza ser para os homens uma qualidade arbitrária e de amiúde não ir além da forma, afirmar que o drama deve subordinar-se à beleza parece uma afirmação arriscada. A beleza é a *swerga* dos estetas; mas a verdade tem um domínio mais comprovável e real" (...) A arte é arruinada pela insistência equivocada em suas tendências religiosas, morais, relativas à beleza e à idealização.[39]

Por fim, relata sua crença numa espécie de glorificação da vida comum, que também parece um prenúncio do que ele haveria de fazer ao colocar Leopold Bloom no centro de sua moderna epopéia:

> No entanto, acredito que, da triste monotonia da existência, é possível tirar alguns elementos dramáticos. O homem mais comum, o mais morto dentre os vivos, pode desempenhar um papel num grande drama.[40]

A essa altura cabe a menção a uma possível influência sobre algumas dessas idéias, algo difícil de provar, já que na obra de Joyce há poucas referências ao autor:[41] trata-se do filósofo Friedrich Nietzsche, e de ora em diante procurarei traçar de maneira sucinta alguns paralelos entre idéias desenvolvidas por ambos.

Friedrich Nietzsche.

Nietzsche é considerado por muitos o terremoto que sacudiu os "fundamentos do século XIX"[42] e sua influência se fez sentir em praticamente todos os domínios da cultura — das artes à literatura, da filosofia à ciência, da filologia à historiografia; ele atacou o cristianismo

39) Idem, ibidem.

40) Idem, p. 45.

41) Uma das referências a Nietzsche se acha no conto "A painful case" ["Um caso trágico"], constante de *Dublinenses*, em que a personagem James Duffy é um leitor de Nietzsche, tendo na estante *Assim falou Zaratustra* e *A gaia ciência*.

42) Cf. Reichert, Klaus. "The european background of Joyce's writing". *The Cambridge companion to James Joyce*, Derek Attridge (org.). Cambridge, Cambridge University Press, 1990, p. 70. Para o comentário sobre Nietzsche, valho-me aqui de alguns tópicos interpretativos de Klaus Reichert, permitindo-me citar passagens de Nietzsche comentadas por ele mas também trechos de que ele não se ocupou.

com uma fúria sem precedentes, considerando-o uma religião negadora da vida, essencialmente moral e apropriada à criação de um povo de escravos, e defendeu o ateísmo e o niilismo como expressões legítimas da liberdade individual; abalou a imagem dos gregos criada por escritores clássicos alemães, bem como o ideal germânico de educação; combateu os conceitos tradicionais de moralidade, propondo em lugar dela uma "transvaloração dos valores" e uma amoralidade "além do bem e do mal".[43] De Nietzsche Joyce pode ter herdado a idéia de que a religião da arte, e não a moralidade, "era a última atividade metafísica no niilismo europeu". O conceito de artista de Joyce guarda semelhança com a teoria nietzscheana do Super-homem, o ser alteroso, vivendo em isolamento glacial e abominando as massas, tornado uma lei apenas para si mesmo. A idéia da abdicação da expressão individual em favor da universal desenvolvida por Joyce pode ser vista, por exemplo, no seguinte passo, extraído de *O nascimento da tragédia*, em que ele trata da subjetividade no processo dionisíaco; aqui, o

> ... artista já renunciou à sua subjetividade... O "eu" do lírico soa portanto a partir do abismo do ser: sua "subjetividade", no sentido dos estetas modernos, é uma ilusão.[44]

A idéia joyciana de drama como sinônimo de "leis imutáveis" sob formas e aparências variáveis, a distinção que ele faz entre drama e literatura, bem como suas idéias sobre história — formuladas também com a ajuda de Vico — apresentam similitude com a teoria nietzscheana do "eterno retorno", prefigurada particularmente nas seções sete e oito de *O nascimento da tragédia*:

> O consolo metafísico — com que... toda verdadeira tragédia nos deixa — de que a vida, no fundo das coisas, apesar de todas as mudanças das aparências fenomenais, é indiscutivelmente poderosa e cheia de alegria, esse consolo aparece com nitidez corpórea como coro satírico, como coro de seres naturais, que vivem, por assim dizer, indestrutíveis, por trás de toda civilização, e que, a despeito de toda mudança de gerações e das vicissitudes da história dos povos, permanecem perenemente os mesmos" (...) A esfera da poesia não se encontra fora do mundo, qual fantástica impossibilidade de um cérebro de poeta: ela quer ser realmente o oposto, a indisfarçada expressão da verdade, e precisa, justamente por isso, despir-se do atavio mendaz daquela pretensa realidade do homem civilizado. O contraste entre essa autêntica verdade da natureza e a mentira da civilização a portar-se como a única realidade é parecido ao que existe entre o eterno cerne das coisas, a coisa em si, e o conjunto do mundo fenomenal.[45]

---

43) Idem, ibidem.
44) NIETZSCHE, Friedrich. *O nascimento da tragédia*, J. Guinsburg (trad., notas e posfácio). São Paulo, Companhia das Letras, 2001, p. 44.
45) Idem, pp. 55 e 57.

A alegação de Joyce de que o "drama surge da vida e é coevo dela" encontra par na identificação que Nietzsche faz entre arte e vida no final da secção dois de *O nascimento da tragédia*: "(...) *ver a ciência com a óptica do artista, mas a arte com a da vida...*"[46]

Os principais temas de Joyce estão aqui; mas, se parece apenas provável o débito dele para com o filósofo que pretendeu ensinar a "filosofar com o marte-lo", grande é a dívida, reconhecida explicitamente, para com um outro iconoclasta, não tão titânico quanto Nietzsche, mas representado em seu túmulo brandindo também um martelo, e aludido por Joyce no final de "Drama e vida":

> "o que você fará em nossa sociedade, Senhorita Hessel?", perguntou Rörlund — "vou deixar o ar puro entrar nela, Pastor", respondeu Lona.[47]

O ar puro que vem revitalizar os homens é o dramaturgo norueguês Henrik Ibsen.

* * *

Ninguém exerceu sobre Joyce uma influência maior do que Ibsen. Em *O protetor do meu irmão*, Stanislaus Joyce relata o impacto sofrido por Joyce em seu primeiro contato com a obra do dramaturgo:

> As outras influências que ele recebeu, embora as tivesse aceitado, foram impostas; essa [a de Ibsen] aflorou nele, penetrante e exultante, como que em resposta a um chamado.[48]

Tamanha era a admiração de Joyce, que ele estudou dano-norueguês para ler as obras de Ibsen no original e chegou a lhe escrever uma longa carta de fã nessa língua, proclamando-se no final da carta um dos sucessores do norueguês.[49] Não é difícil perceber as razões pelas quais ele considerava Ibsen um modelo de artista, e diversos são os paralelos que envolvem a vida e a obra dos dois. Ibsen foi criado na Cristiânia, uma capital provinciana, à margem das principais correntes da cultura européia, semelhante a Dublin. Ele nutria um profundo desprezo

---

46) Idem, p. 15.

47) Final do Ato I de *As colunas da sociedade*, de Henrik Ibsen.

48) JOYCE, Stanislaus. *My brother's keeper*, Richard Ellmann (org.). Londres, Faber and Faber, 1958, p. 102. Em *Stephen, o herói*, Joyce descreve o débito de sua personagem autobiográfica para com Ibsen: "Deve-se dizer simplesmente e de imediato que dessa vez Stephen sofreu a influência mais duradoura de sua vida... (E)le deparou por meio de traduções pouco procuradas o espírito de Henrik Ibsen. Ele compreendeu esse espírito instantaneamente. (A) mente do velho poeta nórdico e do jovem celta perturbado se encontraram num momento de simultaneidade radiante (...)"

49) Remeto o leitor interessado em conhecer a carta na íntegra a ELLMANN, Richard, op. cit., p. 119.

Henrik Ibsen.

pelo farisaísmo a sua volta. A exemplo de Joyce, suas obras foram atacadas por sua "falta de ideais mais elevados",[50] por denunciar hipocrisias da Igreja, o dogmatismo dos partidos políticos, o caráter repressivo do casamento e o *status* inferior da mulher em sua época. Ou seja, ele se ocupou de valores típicos da classe média contra os quais Joyce se rebelou.[51] Também como Joyce, Ibsen percebeu que não poderia sobreviver como escritor em seu próprio país e partiu em exílio voluntário, indo viver em várias cidades da Alemanha. Mas outra afinidade, de ordem estilística, liga o norueguês ao irlandês, e ela pode ser percebida na seguinte caracterização de Ibsen, constante de *Stephen, o herói*:

> Mas não foi apenas essa excelência que o cativou: não foi aquilo que ele recebeu com satisfação e com uma saudação espiritual inteiramente jubilosa. Foi verdadeiramente o espírito do próprio Ibsen que foi discernido se movendo por trás da maneira impessoal do artista: uma mente de sincera bravura juvenil, de orgulho desenganado, de energia exata e intencional.[52]

---

50) Cf. Reichert, Klaus, op. cit., pp. 62-3.

51) Nesse sentido também Gerhart Hauptmann (1862-1943) foi um sucessor de Ibsen e um representante do movimento naturalista iniciado por ele. As personagens de Ibsen, porém, são em sua maior parte pertencentes às classes média e alta, e as de Hauptmann são integrantes da classe inferior. A linguagem cotidiana que Ibsen emprega é a das pessoas educadas, ao passo que Hauptmann se vale da fala das pessoas comuns. Joyce traduziu duas peças de Hauptmann — *Vor Sonnenaufgang* [*Antes do amanhecer*], de 1889, e *Michael Kramer*, de 1900 (lembre-se que o mesmo James Duffy de "Um caso trágico" é, também, um tradutor dessa peça). Que Joyce tenha-se colocado em linha de sucessão direta com respeito a Ibsen e a Hauptmann pode ser visto no final de seu ensaio "O dia da ralé": "Em algum lugar há homens dignos de levar adiante a tradição do velho mestre que está morrendo em Cristiânia. Ele já encontrou seu sucessor no autor de *Michael Kramer*, e o terceiro ministro não há de faltar quando chegar a sua hora. E é bem possível que essa hora esteja prestes". Para mais informações acerca das influências de Hauptmann sobre Joyce, conferir Reichert, Klaus, op. cit., pp. 66-9.

52) *Stephen...*, op. cit., p. 41.

A "maneira impessoal do artista" que chama a atenção de Stephen é, como já foi mostrado, um ideal para Joyce, e ela significa trabalhar "sem um código específico de convenções morais". Obviamente, essa é uma característica do realismo e de sua vertente naturalista. De acordo com essa visão, não há forma de corrupção social ou perversão que não possa ser retratada pelo escritor e submetida por vezes a uma análise clínica, semelhante à de um cientista. No que tange ao objeto de sua representação, nada está abaixo de sua dignidade. No nível da criação da personagem, nela está implícita a admissão de processos inconscientes e involuntários na pessoa, e por isso os recessos da mente, as emoções, os impulsos mais primitivos e até as funções corporais se revestem de particular interesse para esse tipo de escritor. Em *Stephen, o herói*, a personagem-título alude a essa abordagem como método "vivisseccional", proclamando-se adepto dela: "O espírito moderno é vivisseccional. A verdadeira vivissecção é o processo mais moderno que se pode conceber".

O comentário de Max Beerbohm sobre a relação entre Archer e Ibsen.

Henrik Ibsen.

Com certeza, o próprio Ibsen não trabalhava com nenhum "código específico de convenções morais", e se considerava um "realista". Numa carta enviada de Roma e datada de 6 de janeiro de 1882, ele se defendeu das críticas que recebeu por suas supostas "crenças", e enfatizou sua "isenção" em busca de uma realidade objetiva:

> Eles tentam me fazer responsável pelas opiniões que algumas das personagens expressam nas peças. E no entanto em todo o livro não há uma única opinião, não se encontrará uma única observação ali da parte do dramaturgo. Tomei bastante cuidado quanto a isso. O método, a técnica por trás da forma do livro foi em si mesma suficiente para impedir o autor de se tornar visível no diálogo. Minha intenção foi tentar dar ao leitor a impressão da experiência de um fragmento da realidade.[53]

É claro que, em seu sentido estrito, a "impessoalidade" na literatura é apenas uma condição ideal, já que a determinação do "fragmento da realidade" sempre advirá de uma escolha pessoal; e é claro também que, quando usada por um escritor realista, a palavra "realidade", por sua vagueza e relatividade (afinal, que realidade?) sempre dependerá, para ser compreendida, da interpretação que esse mesmo escritor venha a fazer dela e de seu modo de representá-la; mas um traço fundamental do realismo de Ibsen, bem como do de Joyce, é que ele se limita a apresentar as coisas sem fazer "comentários" sobre elas, deixando-as à interpretação do leitor ou da platéia. Suas personagens nunca são, por exemplo, alvo da "condenação" dele, nem da nossa: sentimos "pena" delas, somos capazes de "entendê-las". As convenções sociais e religiosas que impelem essas personagens a agir dessa ou daquela maneira é que são atacadas.[54] Isso acontece porque, em termos da caracterização da personagem, a técnica realista opera por meio de um trabalho de "amostragem": das ações dessa personagem aflora um vislumbre do tipo que ela representa socialmente. O uso paralelo de subestruturas míticas no caso de *Ulisses* e *Finnegans wake* atende a essa mesma necessidade — a de fazer com que o particular lance luzes sobre o geral. Assim, Leopold Bloom, um homem que não se distingue dos demais, de meia-idade, judeu, afável e nada heróico é, ao mesmo tempo, Ulisses, um Pai arquetípico em busca de um Filho, e não se deve pensar em sua necessidade de ser pai apenas em termos de uma necessidade psicológica *individual*. Aqui, o mundo temporal da história se transforma no mundo intemporal do mito. Representação por meio do tipo, representação por meio do mito: eis os recursos com os quais Joyce realiza a fusão entre as correntes aparentemente inconciliáveis do realismo

53) Citado por HEMMER, Bjorn. "Ibsen and the realistic problem drama". *The Cambridge companion to Ibsen*, James McFarlane (org.). Cambridge, Cambridge University Press, 1996, p. 72.
54) "Joyce the irishman", in *The Cambridge...*, op. cit., p. 64.

e do simbolismo. No caso da escrita realista, porém, René Wellek afirma que essa forma de representação por "amostragem" constitui um dos seus dogmas de ouro, e desse ângulo o expediente de comprimir a ação dramática no espaço de algumas horas, ou de um dia, e de fazer desse período de tempo o emblema de toda uma vida — como Joyce fez particularmente em *Exilados*, no conto "Os mortos", em *Ulisses* e provavelmente em *Finnegans wake* — esse expediente é ao mesmo tempo uma retomada das unidades aristotélicas bem como um desdobramento dessa forma de representação realista. A esse procedimento Joyce alude na resenha que fez de *Quando despertarmos de entre os mortos* para a *Fortnightly Review*, intitulada "Ibsen's new drama" [O novo drama de Ibsen], cuja publicação veio a assinalar o começo oficial de sua carreira como escritor e a se constituir numa das melhores leituras sobre a peça de Ibsen segundo a crítica especializada. Nessa resenha, ele dá as razões de por que considera o teatro de Ibsen um exemplo de "economia":

Ibsen's New Drama

[From *The Fortnightly Review* LONDON April 1900].

BY

James A. Joyce

ULYSSES BOOKSHOP

187, High Holborn, London, W. C. 1

Reimpressão do primeiro artigo publicado de Joyce comentando Ibsen.

> Diremos literalmente a verdade se afirmarmos que nos três atos do drama se disse tudo o que é essencial para esse drama. Do começo ao fim dificilmente há uma palavra ou frase supérflua. Portanto, a própria obra expressa suas idéias de maneira tão breve e concisa quanto se poderiam exprimir em forma dramática... Ibsen alcançou um tal domínio de sua arte, que, por meio de um diálogo aparentemente fácil, ele apresenta suas personagens masculinas e femininas passando por diferentes crises da alma. Seu método analítico é assim usado ao máximo, de modo que comprime, no período relativamente breve de dois dias, a vida vivida de todas as suas personagens. Por exemplo, embora só vejamos Solness durante uma noite e até à noite seguinte, observamos na verdade, com fôlego suspenso, todo o curso de sua vida até o momento em que Hilda Wangel entra em sua casa. Na peça em consideração, quando vemos o Professor Rubek, primeiro, ele está sentado numa cadeira de jardim, lendo seu jornal da manhã, mas aos poucos todo o pergaminho de sua vida vai sendo desenrolado diante de nós, e temos o prazer não de ouvir os outros o lendo para nós, mas de nós próprios o lermos, juntando as várias partes,

e nos aproximando para ver toda vez que a escrita no pergaminho está mais apagada ou menos legível.[55]

A "impessoalidade" de Ibsen é a responsável por não termos a impressão de que a vida das personagens nos está sendo "lida" ou explicada pelos outros — ou melhor, pela voz do "autor". Na verdade, os exegetas de Ibsen são unânimes em afirmar que em nenhuma outra peça dele somos tão solicitados a *interpretar* o que vemos quanto em *Quando despertarmos dentre os mortos*. Assistindo à peça ou lendo-a, somos obrigados a "juntar suas partes", nos "aproximarmos" quando a letra não é "legível". De fato, para Joyce, apenas uma "aproximação" é o que se obtém de um confronto com obras dessa densidade, e no final da resenha, ele trata da impertinência das interpretações que pretendem aprisioná-las em fórmulas críticas:

> Henrik Ibsen é um dos grandes homens do mundo diante dos quais a crítica não pode senão fazer um triste papel. A apreciação, a atenção, é a única crítica verdadeira. Além disso, aquela espécie de crítica que se denomina crítica dramática é um apêndice desnecessário a suas obras. Quando a arte do dramaturgo é perfeita o crítico é supérfluo. A vida não está aí para ser criticada, mas para ser enfrentada e vivida. Uma vez mais, se há peças que exigem um palco estas são as de Ibsen. E isso se deve não apenas ao fato de que suas obras têm muito em comum com as obras de outros autores que não foram escritas para ser guardadas nas estantes das bibliotecas, mas porque estão repletas de pensamento. Diante de uma expressão casual a mente é torturada com alguma questão, e num segundo uma ampla esfera de vida se abre à visão, no entanto, a visão é momentânea, a não ser que paremos e ponderemos sobre ela. É só para impedir a ponderação excessiva que Ibsen requer ser montado. Por fim, é uma tolice esperar que um problema, que ocupou Ibsen por quase três anos, se desenrole placidamente diante de nossos olhos numa primeira ou segunda leitura.[56]

Para Joyce, particularmente as peças de Ibsen foram feitas para o palco porque a "única e verdadeira forma de crítica", a "apreciação, a atenção" é possível sobretudo no teatro, onde aquela "ampla esfera de vida se abre à visão" de maneira "momentânea", na reação da platéia ao curso irreversível da representação no palco, num espaço de tempo breve o bastante para "impedir a ponderação excessiva" e, assim, suscitar uma impressão maior de se estar diante de um "fragmento da realidade". Tais suposições, é claro apontam menos para a idéia de um "caráter inútil da crítica" do que para os ideais de Joyce quanto a um ultra-realismo; mas essa "ampla esfera", ou o "pergaminho de toda uma vida" a desenrolar-se diante de nossos olhos numa situação

55) Joyce, James. *The critical writings...*, Ellsworth Mason e Richard Ellmann (orgs.), op. cit., p. 49.
56) Idem, pp. 66-7.

aparentemente comum, é o que interessa a Joyce. Num ensaio de Virginia Woolf também sobre Ibsen, ela percebeu o mesmo fenômeno a emergir da ação:

> Um quarto é, para ele, um quarto; uma escrivaninha, uma escrivaninha; e um cesto de lixo, um cesto de lixo. Ao mesmo tempo, a parafernália da realidade tem por vezes de se tornar o véu através do qual vemos o infinito.[57]

Joyce também reconheceu em Ibsen um teatro de "revelação". Na mesma resenha para a *Fortnightly Review*, ele afirmou que o drama de Ibsen não dependia da ação, nem dos incidentes, nem das personagens, e que aquilo que seu teatro nos oferecia eram momentos de "epifania", da percepção de alguma verdade iluminadora:

> As peças de Ibsen para seu interesse não dependem da ação nem dos incidentes. Nem mesmo as personagens, por mais perfeito que seja seu delineamento, não vêm em primeiro plano em suas peças. Mas o drama em toda a sua nudez — ou a percepção de uma grande verdade, ou o aparecimento de uma grande questão, ou um grande conflito que é quase independente dos agentes conflitantes, e que foi e é de grande importância — isso é o que em primeiro lugar atrai nossa atenção.[58]

Evidencia-se, assim, a estreita proximidade entre os conceitos joyceanos de drama e epifania.

* * *

As semelhanças entre *Quando despertarmos de entre os mortos* e *Exilados* são visíveis, embora suas diferenças sejam acentuadas demais para que se pense em qualquer servilismo criativo. Em ambas as peças há um equilíbrio simétrico das personagens — o escultor Rubek e sua mulher Maja estão para Richard Rowan e Bertha assim como Ulfheim, o amante caçador de Maja, e Irene, a modelo de Rubek, estão para Robert e Beatrice. O drama de Ibsen é feito de uma série de diálogos em que se confrontam Rubek e Maja, Maja e Ulfheim, Rubek e Irene e assim por diante. Essa confrontação entre pares também ocorre em *Exilados.* O expediente de reconciliar o tempo presente e o tempo passado, fazendo com que este aflore nos diálogos, é uma das marcas de Ibsen, e em seu drama Joyce faz uso desse recurso. Assim como em *Exilados,* o tema do artista que luta para resguardar sua integridade e que se bate com inquietações de ordem moral está presente no drama de Ibsen, bem como o da possessividade sob a aparência de amor. Mas

57) WOOLF, Virginia. *The death of the moth*. Londres, 1942, p. 108.
58) JOYCE, James. *The critical writings...*, Ellsworth Mason e Richard Ellmann (orgs.), op. cit., p. 63.

a grande diferença entre as obras talvez esteja, como disse Vicki Mahaffey, na recusa das personagens de Joyce quanto a "ser mortas por pessoas que tentam possuí-las... recusa quanto a ser submersas pela avalanche de neve da última peça desesperançada de Ibsen":[59] o drama de Joyce é mais irônico, e por vezes chega a convidar ao riso. É também mais alusivo, e a mesma exegeta afirma que a análise que Joyce faz do amor na peça pode se enriquecer quando se tem em vista não só a influência de Ibsen, mas de autores tão diversos quanto Nietzsche, Wagner, Dante e D'Annunzio, aludidos de maneira velada no drama.

Segundo ela, em *Exilados*, Joyce fez uso da concepção nietzscheana da natureza do amor. Logo no início de *O caso Wagner*, o filósofo se ocupa dessa natureza, que segundo ele foi malcompreendida por Wagner e por muitos artistas, mas cuja concepção é a única "digna de um filósofo". Ele acha que os artistas devem retratar

> Não o amor de uma "virgem sublime"... mas o amor como fado, como fatalidade, cínico, inocente, cruel — e precisamente nisso natureza! O amor, que em seus meios é guerra, e no fundo o ódio mortal dos sexos! (...) Pois na média os artistas fazem como todos, ou mesmo pior — eles entendem mal o amor. (...) Eles acreditam ser desinteressados do amor, por querer o benefício de outro ser, às vezes contra o benefício próprio. Mas em troca desejam *possuir* o outro ser...[60]

Richard Wagner.

Essa amarga concepção do amor foi expressa no verso memorável de Oscar Wilde em *A balada do cárcere de Reading*, "*Yet each man kills the thing he loves*" [Mas cada homem mata o que ama]. No entanto, ainda em *O caso Wagner*, Nietzsche cita como exemplo dessa concepção a personagem Carmen sendo assassinada por José no conto de Prosper Mérimée que serviu de inspiração à ópera de Georges Bizet. Em *Exilados*, Richard, ao falar de seu pai a Beatrice, menciona a vez em que foi ao teatro para ouvir *Carmen*, e em *Ulisses*, no capítulo "Cila e Caribde", Stephen usa o mesmo exemplo

59) MAHAFFEY, Vicki, op. cit., p. 207.
60) NIETZSCHE, Friedrich. *O caso Wagner*, Paulo César de Souza (trad., notas e posfácio). São Paulo, Companhia das Letras, 1999, p. 13.

para exemplificar sua teoria sobre Shakespeare. Se a influência de Nietzsche, porém, só pode ser detectada de maneira indireta no contexto das relações entre as personagens, Wagner é aludido mais explicitamente na peça.

Isso ocorre no começo do Segundo Ato, quando Robert vai até o piano para tocar a ária de Wolfram em *Tannhäuser*. Vicki Mahaffey, no estudo citado, mostra que o "sonho de amor" de Robert traz um eco do de Wagner por Mathilde Wesendonck, mulher de Otto Wesendonck, amigo de Wagner. Como Bertha em *Exilados*, Mathilde mantinha o marido informado dos avanços de seu pretendente (também a exemplo do que Nora fez quando assediada por Prezioso).[61] Na peça de Joyce, Robert põe um abajur cor-de-rosa em seu quarto e diz a Bertha, "era pra você", e sabe-se que Wagner também deu a Mathilde um abajur cor-de-rosa.[62] No entanto, os apontamentos que Joyce escreveu para *Exilados*[63] revelam que particularmente a relação de Robert e Bertha estão em débito não só para com acontecimentos na vida de Wagner, mas também para com *Tristão e Isolda*, cujo enredo gira em torno da traição e de acusações de traição: "Isolda acusa Tristão de tê-la traído ao levá-la da Irlanda para a terra do Rei Marcos (I: IV, I: V); Brangia trai sua amante dando-lhe o filtro de amor em vez da poção mortal que ela solicitou; Isolda trai o marido; Tristão trai seu amigo e Rei; Melot trai seu 'mais sincero' amigo, Tristão; Marcos acusa Tristão de tê-lo traído uma segunda vez ao morrer quando Marcos veio 'provar sua perfeita confiança' nele",[64] situações que se repetem em *Exilados* na acusação que Bertha faz quanto a Richard tê-la abandonado quando eles estavam em Roma; na acusação de Richard quanto a Robert tentar roubar Bertha de maneira insidiosa; na acusação implícita que Richard percebe no artigo de Robert quanto ao primeiro ter abandonado sua pátria no momento em que esta estava em dificuldade. Assim como alusões a Wagner permeiam as relações entre Bertha e Robert, as entre Richard e Beatrice, como sugere o nome desta última personagem, apresentam alusões a Dante.

Beatrice Portinari foi para Dante o que Beatrice Justice é para Richard — uma fonte de inspiração. A Beatrice de Richard é um reflexo da figura distante e idealizada da Beatrice de Dante. Mas, em *Exilados*, as alusões a esse autor são sobretudo de ordem numerológica. "Dante encontra Beatrice aos nove anos, ele a vê novamente nove anos depois, tem uma visão dela na nona hora do dia e ela morre em junho, que é o nono mês do ano segundo o calendário sírio, no ano do século dela em que o número perfeito dez se completou nove vezes. A Beatrice de Dante morre em junho de seu vigésimo sétimo ano; *Exilados* se passa

61) Para mais informações sobre pessoas e acontecimentos que serviram de pano de fundo para *Exilados*, ver notas à peça.

62) Para mais informações sobre as alusões a Wagner em *Exilados*, cf. MAHAFFEY, Vicki, op. cit.

63) Ver Apêndice I no final deste volume.

64) MAHAFFEY, Vicki, op. cit., p. 203.

no mês de junho do vigésimo sétimo ano de Beatrice Justice, depois de nove anos da partida de Richard e Bertha que lhes mudou tanto a vida... A misteriosa união entre Bertha, agora 'nove vezes mais bela' e Robert ocorre às nove da noite".[65] Desse ângulo, o relacionamento sensual de Robert e Bertha recebe sua complementação no relacionamento idealizado entre Richard e Beatrice, e, para Vicki Mahaffey, esse é um dos aspectos que constituem a força da peça — qual seja a implicação da "compreensão gradual de que não há diferença essencial entre a Beatrice de Dante e a Isolda de Wagner, de que ambas são possuídas de uma forma que lhes ameaça a vida".[66] A idealização no amor como uma forma mais sutil de possessividade é também a tônica de uma obra de Gabriele D'Annunzio, *O triunfo da vida*, e ainda no mesmo ensaio Vicki Mahaffey mostra como Giorgio e Ippolita nessa obra travam uma luta para se possuírem e "se criarem" um ao outro, cada qual reduzindo o parceiro a uma mera idéia motriz para a imaginação, mas privando-o inteiramente de seu valor individual (de resto, isso é o que se vê também na relação casta entre Rubek e Irene em *Quando despertarmos de entre os mortos*.)[67] Essas implicações estão presentes em *Exilados*, que Joyce, nos apontamentos à peça, iguala a "três atos de gato e rato", com a diferença de que o desfecho da obra aponta mais para as dúvidas que acossam o apaixonado quanto à efetiva posse do ser amado do que para a consumação cruel desse mesmo desejo de posse, acabando por se constituir em uma crítica à destrutividade dessa forma de relação.

* * *

Há nove anos, o escritor Richard Rowan fugiu com Bertha, ambos viveram na Itália, onde tiveram um filho, Archie, e agora os três estão de volta a Dublin. Brigid é uma velha criada da famíla Rowan.

Socialmente, Richard é reconhecido como um artista boêmio, casado com "uma moça que não era exatamente do seu nível". Ele também tem muito de artista nietzscheano, sobretudo em sua recusa quanto a se submeter a práticas burguesas limitadoras. Seu casamento com Bertha é consensual, ela não tem o seu nome legal (na verdade, é a única personagem da peça que não tem um sobrenome) e Archie, segundo Bertha, é chamado pelo "nome bonito que eles dão pra essas crianças". Richard renega os direitos do patriarca tradicional. Aferra-se a ideais de absoluta integridade espiritual, e de maneira tão febril quanto é possível se apegar à existência material: ele manifesta "aquela indignação feroz

65) Idem, p. 204.
66) Idem, p. 205.
67) Idem, pp. 206-7.

que dilacerava o coração de Swift". Também padece a vergonha e o remorso por se saber infiel a Bertha, e lhe confessa suas traições, dizendo-lhe que ela é igualmente livre.

A vida de Bertha no exterior fez dela uma mulher charmosa e atraente para os homens, e em Dublin todos sabem que ela ainda é legalmente livre. Mas Bertha se sente desprezada pelo marido e sem amigos. "Eu desisti de tudo por causa dele", ela afirma, "religião, família, minha própria paz". O trabalho de Richard como escritor granjeou-lhe certo renome, e a absorção que esse trabalho exige dele oprime Bertha. A "chama" que houve entre ambos parece ter arrefecido: Richard passa tantas noites trabalhando no escritório, que este já se converteu em seu "quarto". Além disso, Bertha receia que ele esteja envolvido com Beatrice Justice, uma jovem intelectual capaz de discutir com Richard as idéias dele de um modo como Bertha não pode. Richard e Beatrice se corresponderam durante os nove anos em que ele esteve fora, e ele está escrevendo seu novo livro sob a influência dela. Beatrice está encarregada de dar aulas de piano a Archie. Ela é prima de Robert Hand, um jornalista e velho amigo de Richard.

Robert foi o grande companheiro de Richard quando eles eram mais jovens, e no momento Robert cuidadosamente está se empenhando em fazer com que a Universidade e a imprensa ignorem a união escandalosa de Richard e Bertha, a fim de reintegrá-lo à sociedade. Ao mesmo tempo, porém, Robert está perturbando a tranqüilidade da casa dos Rowan, tentando seduzir Bertha, de quem já era um admirador desde antes de o casal partir de Dublin.

Richard é tão radical em seus ideais sobre liberdade e sobre o caráter repressivo do casamento e das relações monogâmicas, que a fidelidade da própria mulher lhe é um fardo emocional. Ele parece muito consciente do perigo das relações de possessividade entre as pessoas, e dessa consciência ele dá mostras no que se assemelha a uma estranha parábola moral que ele conta a Archie:

> RICHARD (*pega-lhe a mão*) — Quem sabe? Você entende o que é dar uma coisa?
>
> ARCHIE — Dar? Entendo.
>
> RICHARD — Quando você tem uma coisa, ela pode ser tirada de você.
>
> ARCHIE — Pelos ladrões [*robbers*]? É?
>
> RICHARD — Mas quando você dá essa coisa, você deu. Nenhum ladrão [*robber*] pode arrancá-la de você. (*Ele inclina a cabeça e aperta a mão do filho contra a face.*) Ela é sua para sempre, quando você a deu. Vai ser sempre sua. Isso é o que é dar.

Por analogia, Bertha recebe aqui, de maneira ambígua, o *status* de uma "posse conjugal" a ser dada. Igualmente por analogia, mas também por homofonia, Robert é o potencial "robber", ou "ladrão". Para Richard, a renúncia voluntária livra o indivíduo ao sofrimento do ciúme e do desejo, e ele está convencido de que, como Cristo, ou mesmo Parnell, ele será traído pelo amigo e por sua mulher:[68]

ROBERT (*com gravidade*) — Lutei por você todo o tempo em que esteve fora. Lutei pra fazer você voltar. Lutei pra guardar o seu lugar aqui. Ainda vou lutar por você porque tenho fé em você, a fé que o discípulo tem no seu mestre. Só posso dizer isso. Pode lhe parecer estranho... Me dê um fósforo.

RICHARD (*acende o fósforo e o oferece*) — Há ainda uma fé mais estranha do que a fé que o discípulo tem no seu mestre.

ROBERT — E qual é?

RICHARD — A fé que um mestre tem no discípulo que vai traí-lo.

Talvez haja aqui um eco distante do Novo Testamento, nas passagens em que é anunciada a traição de Judas: "Em verdade vos digo que um de vós me entregará". Em seus apontamentos, Joyce chama Richard de "automístico", um homem "caído de um mundo superior", que se indigna quando descobre baixezas entre homens e mulheres, e isso lhe é dito pelo próprio Robert. Richard não é "um paladino dos direitos da mulher", mas, com determinação quase religiosa, ele tenta se libertar das emoções pertubadoras da "*passio irascibilis*"[69] e fazer com que essa transcendência assuma a forma da "... própria imolação do prazer da posse no altar do amor". Parece que Richard pretende ser, como se disse do Stephen de *Um retrato*, um "homem impossível".

Mesmo tão empenhado em combater sua própria possessividade, suas palavras e gestos por vezes são ambíguos. Há certa suspeita de que Richard não se mostrou tão cioso da "liberdade" de Bertha quando da partida de ambos, por ter talvez interferido na decisão dela. Robert lhe diz: "Mas será que ela era realmente livre pra escolher? Ela era só uma menina. Aceitou tudo o que você propôs", e o mesmo Robert dirá mais tarde a Richard: "Você fez dela tudo o que ela é. Uma personalidade rara e maravilhosa".

Não se pode dizer, contudo, que Bertha tenha, de modo nenhum, uma

---

68) HENKE, Suzette A., *James Joyce and the politcs of desire*, Nova York e Londres, Routledge, 1990, p. 89. Para meu comentário, valho-me de alguns tópicos para interpretação ventilados por Suzette A. Henke, permitindo-me despojar de meus argumentos as implicações psicanalíticas de suas conclusões ou resvalar nelas apenas ocasionalmente.

69) Cf. os apontamentos de Joyce à peça no Apêndice I deste volume.

peronalidade "submissa". Mesmo só, a altivez é um dos traços de seu caráter. Ela não se deixa intimidar pela argúcia de Richard, pelo contrário, muitas vezes o afronta e desfecha-lhes golpes nos pontos em que ele é mais vulnerável. Quando em dado momento Beatrice diz para Bertha, "Não deixe que eles a humilhem, senhora Rowan", esta responde:

> Me humilhem? Se você quer saber, tenho muito orgulho de mim mesma. O que fizeram por ele? Eu fiz dele [de Richard] um homem. E essas pessoas, o que são na vida dele? Só a poeira que ele pisa. (...) Hoje ele pode me desprezar também, como os outros. E você pode me desprezar. Mas vocês nunca vão me humilhar — nenhum de vocês.

Bertha sabe da importância que tem na vida de Richard, e, em contraste com a alegação de Robert quanto a Bertha ser uma "obra" de Richard, Bertha também considera o marido uma "criação" dela. Apesar de sua pouca educação e dos anos que passou em companhia de um homem de personalidade tão complexa, seus modos conservam incólumes sua real simplicidade e dignidade. Com seu vestido de flores de alfazema, e aparecendo como uma figura "impressionista" ela ganha, nos apontamentos de Joyce à peça, colorações simbólicas. Por proximidade de som, o nome Bertha sugere "birth", "nascimento" mas também "earth", "terra": ela "é a terra, escura, informe, mãe, tornada bela pela noite de luar, vagamente consciente de seus instintos... Robert compara-a à lua por causa

Nora Barnacle Joyce.

de seu vestido...". Ela é um protótipo de Molly Bloom, e sua natureza obscura e fértil contrasta com o racionalismo de Richard e com o sentimentalismo de Robert.

Nas notas de Joyce, Robert é chamado de "automóvel", um homem provindo de um "mundo inferior" e tão distante da indignação, que "fica surpreendido quando os homens e as mulheres não são ainda mais baixos e ignóbeis". Robert desempenha o papel do amante cortês, provido de rosas que desabrocharam além do ponto para serem dadas de presente, e de toda a retórica da idolatria. Ele tem predileção por epigramas e se expressa por meio de velhas metáforas românticas: "Seu rosto é uma flor também — só que mais bela. Uma flor silvestre desabrochando na sebe", ele diz para Bertha. Esses clichês da paixão a divertem mais do que seduzem, sobretudo pelo tom eufemístico de tudo o que Robert lhe diz. Este, contudo, parece decidido a elevá-la ao *status* de divindade, aspirando à morte por amor, à maneira das personagens de Wagner ou de D'Annunzio:

ROBERT (*suspira*) — Minha vida acabou... Totalmente.

BERTHA — Não fale assim, Robert.

ROBERT — Acabou, acabou. Quero acabar com ela e terminar com isso.

BERTHA (*preocupada, mas de maneira alegre*) — Mas que bobo!

ROBERT (*puxando-a para si*) — Acabar com tudo... morrer. Me lançar de um precipício, direto no mar.

BERTHA — Por favor, Robert...

ROBERT — Ouvindo música e nos braços da mulher que eu amo — o mar, a música e a morte.

Oliver Gogarty, aos 21 anos, em 1899.

Sua linguagem é apropriada ao melodrama. Seu temperamento sensual defende o hedonismo por meio de idéias distorcidas de estética. Recordando a definição de beleza de São Tomás de Aquino, segundo o qual "*Pulchra sunt quae visa placent*", ["belo é aquilo cuja apreensão agrada"] chega a afirmar que o beijo é a expressão de uma espécie de "devoção estética":[70]

---

70) Henke, Suzette A., op. cit., p. 90.

RICHARD (*brincando com a almofada do sofá*) — Você beija tudo o que lhe parece belo?

ROBERT — Tudo... se puder ser beijado. (*Pega um seixo polido que está sobre a mesa.*) Esta pedra, por exemplo. É tão fria, tão polida, tão delicada – como a têmpora de uma mulher. É silenciosa. Suporta a nossa paixão: é bela. (*Aperta-a contra os lábios.*) E por isso eu a beijo, porque é bela. E o que é uma mulher? Uma obra da natureza, também, como uma pedra, ou uma flor, ou um pássaro. O beijo é um gesto de homenagem.

Robert considera a mulher como uma "obra da natureza". Afirma que o que mais o atrai nela, por bonita que seja, são suas "qualidades mais comuns":

ROBERT — Não as qualidades que ela tem e que outras mulheres não têm, mas as qualidades que ela tem em comum com as outras. Eu me refiro... ao mais comum. (*Virando a pedra, ele pressiona o outro lado dela contra a testa.*) Quero dizer como o corpo dela gera calor quando é pressionado, o movimento do seu sangue, a velocidade com que ela transforma por meio da digestão o que ela ingere... o que não tem nome. (*Rindo.*) Hoje estou muito comum. Já pensou nisso alguma vez?

Robert é um apologeta da "lei natural da paixão": "Quando a gente sente uma paixão intensa por uma mulher, esses momentos são de total loucura... isso é brutal, bestial..." Richard condena essa lei como possessividade: "Receio que esse desejo de possuir uma mulher não seja amor", e em seu habitual tom lacônico e enigmático, ele chama essa lei da natureza de "morte do espírito", valendo-se de Duns Scott, mas Robert considera-a a afirmação da vida. Consoante a seu libertinismo, Robert insiste na idéia da poligamia inerente aos dois sexos, estes proibidos pela sociedade de obedecer a essa "lei divina" gravada em seu coração, e a seguir propõe a idéia "imoral" de que "uma mulher também tem o direito de tentar com muitos homens até encontrar o amor", concluindo que pretende "escrever um livro sobre isso" (já se disse ironicamente que o livro em questão poderia ser *Ulisses*).

Desse modo, Richard quer que Bertha partilhe de sua liberdade. Como sente ciúme, é de supor que gostaria que nela essa "liberdade" fosse também "fidelidade", mas não pode dizer isso para Bertha. Sabe da atração mútua entre Robert e ela, na verdade, ele sabe de todos os detalhes do assédio de Robert a sua mulher, a qual, seguindo-lhe as instruções de maneira muito curiosa, relata com pormenores o que ocorre entre ela e Robert. De fato, as personagens giram meio obsessivamente ao redor de Richard, que parece exercer sobre elas um controle logocêntrico que a tudo quer devassar. Numa das cenas de maior impacto da peça, Richard a submete a um interrogatório minucioso. Robert a beijou? Na boca? Foram beijos longos? De língua? Ela ficou excitada? Com seu fascínio por metáforas religiosas, Joyce toma como modelo para a cena o prelado católico arrancando os segredos do penitente no confessionário.[71] Em sua introdução à peça, Padraic Colum afirma que *Exilados*, em sua estrutura, "é uma série de confissões: o diálogo tem a secura da narração no confessionário; seu final é um ato de contrição", e, em determinado momento, Robert diz, "Todos nos confessamos uns aos outros aqui". A essa altura, começamos a ter um vislumbre da dimensão das inquietações de Richard e a nos perguntar se por trás do desafio dele às convenções sociais não se esconde um medo paranóico de ser traído.[72] Também começamos a suspeitar se tantas conversas na peça em torno de "liberdade" não ocorrem justamente pelo fato de ninguém ali ser "livre". Ademais, de que modo Bertha pode ter liberdade se ele a mantém sob vigilância a cada passo? Um indício de que Richard possa no fundo não estar tão preocupado assim com que todos sejam livres, mas, em vez disso, seja alguém que se vale da inteligência para dominar os outros são as breves alusões ao relacionamento conflituoso dele com sua falecida mãe. Richard é atormentado pelas lembranças do que parece ter sido uma guerra sem fim entre mãe e filho — ao que tudo indica, uma guerra aparentada à que se vê na concepção nietzscheana de amor, com vistas a "possuir" outra pessoa. Teria a mãe de Richard sofrido as conseqüências fatais de simplesmente ter-se recusado a "ser Richard"? Bertha chega a afirmar que ele "matou" a própria mãe, além de acusá-lo de tratar Archie como se o menino "fosse um homem", e de dizer que ela fez com que

71) No livro de Suzette A. Henke, nas notas ao capítulo "Interpreting *Exiles*", a autora menciona o livro de Richard Brown, *James Joyce and sexuality*, em que o autor identifica essa cena como "uma paródia do sacramento da penitência". Na mesma nota, Suzette se reporta à *História da sexualidade* de Michel Foucault, em que se atribui à pastoral católica do século XVII a elaboração de um discurso do sexo com base numa confissão severa e pormenorizada, e cita trechos da obra que transcrevo a seguir: "Consideremos a evolução da pastoral católica e do sacramento da confissão, depois do Concílio de Trento. (...) O sexo, segundo a nova pastoral, não deve mais ser mencionado sem prudência; mas seus aspectos, suas correlações, seus efeitos devem ser seguidos até às mais finas ramificações: uma sombra num devaneio, uma imagem expulsa com demasiada lentidão, uma cumplicidade mal-afastada entre a mecânica do corpo e a complacência do espírito: tudo deve ser dito. Uma dupla evolução tende a fazer da carne a origem de todos os pecados e a deslocar o momento mais importante do ato em si para a inquietação do desejo, tão difícil de perceber e formular. (...) A pastoral cristã inscreveu, como dever fundamental, a tarefa de fazer passar tudo o que se relaciona com o sexo pelo crivo interminável da palavra". Cf. HENKE, Suzette A. *James Joyce...*, op. cit., pp. 235-6, e FOUCAULT, Michel. *História da sexualidade*, v. I. Rio de Janeiro, Graal, 1984, pp. 22-4.

72) Numa carta de Joyce a Nora, datada de 7 de agosto de 1909, Joyce demonstra as mesmas inquietações: "Giorgio é meu filho? A primeira noite em que dormi contigo em Zurique foi a de 11 de outubro e ele nasceu em 27 de julho. São nove meses e 16 dias. Lembro-me que houve pouco sangue naquela noite. Foste fodida por alguém antes de mim? Tu me contaste que um senhor chamado Holohan (um bom católico, naturalmente, que cumpre regularmente seus deveres pascais) queria foder-te quando estavas naquele hotel, usando o que chamam de 'camisa de Vênus'. Ele o fez? Ou só consentiste que ele te acariciasse e apalpasse com as mãos?" Cf. JOYCE, James, *Cartas a Nora Barnacle*, Mary Pedrosa (trad.). São Paulo, Massao Ohno, 1988, p. 25.

Archie amasse o próprio pai. Mas o amor desprovido de destrutividade que Richard não viveu com a mãe ele parece tê-lo voltado a outra personagem, que na peça nos dá a impressão de ter apenas função acessória, mas que na realidade funciona como um tipo de mãe substituta para Richard — Brigid, a velha criada. Mesmo quando a mãe de Richard vivia, este confidenciava a Brigid seu amor por Bertha, falava-lhe das cartas trocadas pelo casal e lhe contava seus planos. É com Brigid que Richard mantém um relacionamento mais afetuoso e "humano".

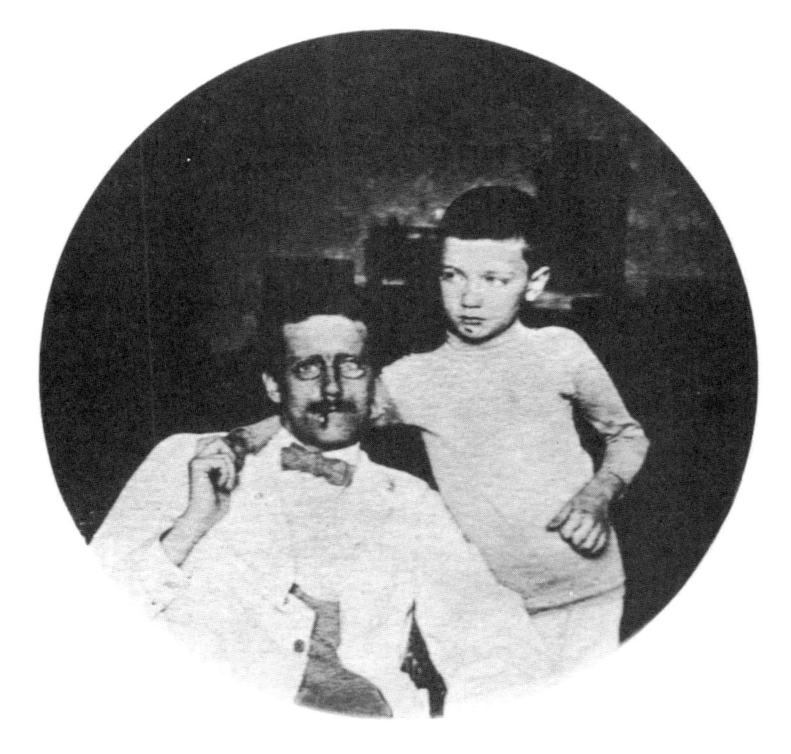

James Joyce com Giorgio, em Trieste.

Dessa maneira, enquanto Robert quer o corpo de Bertha, Richard parece querer-lhe a alma — ou pelo menos não perdê-la. É como se ele tivesse necessidade de passar constantemente em revista os seus bens para se certificar de que todos continuam ao abrigo das "mãos" de Robert. Aliás, não é por acaso que o sobrenome deste é "Hand", "mão" em inglês, tampouco é casual o número espantoso de marcações de cena com o gestual das mãos dos atores, bem como a cena ambígua em que ambos os amigos comparam-se as mãos:

RICHARD — Sou fraco.

ROBERT (*com entusiasmo*) — Você, Richard? Você é a encarnação da força.

RICHARD (*estende as mãos*) — Olhe estas mãos.

ROBERT (*segurando-as*) — Sim. As minhas são mais fortes. Mas eu estava querendo dizer um outro tipo de força.

É possível que o medo de Richard quanto a ser traído seja tal, que ele se valha do discurso da "honestidade" como um meio para impedir isso. Ele procura testificar sua honestidade ao afirmar a Bertha e a Robert que lhes deu total liberdade — ainda que em suas palavras esteja implicado que é *ele* quem concede essa liberdade. Em determinado momento, Richard pergunta a Robert se este teria coragem de roubar-lhe Bertha e tomá-la à força, alegando que Robert não poderia fazer isso, já que "as portas de sua casa estão abertas" e que ele mesmo, Richard, não haveria de opor-lhe resistência.

A essa altura também começamos a nos perguntar se Bertha, de natureza o mais das vezes provocadora e rebelde, ao consentir nos interrogatórios de Richard, não está querendo espicaçar-lhe o ciúme para trazer o marido de volta, pois ela mesma lhe pergunta, e com insistência, se ele está com ciúme. Como Joyce diz nos apontamentos à peça, da mesma forma que Robert, Bertha espera que Richard utilize contra o amigo as "armas que as convenções sociais e morais põem nas mãos do marido". Mas o comportamento de Bertha também às vezes suscita de modo ambíguo a impressão de que ela mesma está inclinada a ser a encarnação do "sonho de amor" de Robert e de ser regida pela mesma "lei da natureza" aludida por ele. No Segundo Ato, Robert menciona a Richard como seu "ideal de mulher" a esposa de um corretor, a qual ele, Robert, conhecera anos antes e com quem tivera um caso:

ROBERT — ... conheci uma mulher que me dava a impressão de que estava fazendo isso — pondo em prática essa idéia [a de uma mulher ter experiências com muitos homens até encontrar o amor] na própria vida dela. Fiquei muito interessado nela.

Um pouco mais adiante, depois que Bertha diz para Richard que este não lhe tem nenhum respeito, ao contrário de Robert, e pergunta ao marido por que este não pediu a Beatrice nove anos antes que fugisse com ele em vez da própria Bertha, percebemos o quanto esta parece capaz de "pôr em prática" idéias "imorais":

RICHARD —Você sabe por que, Bertha. Pergunte a si mesma.

BERTHA — É, eu sei por quê. Você sabia a resposta que ia receber. É essa a razão.

RICHARD — Essa não é a razão. Eu nem mesmo pedi a você.

BERTHA — É. Você sabia que eu iria, você pedindo ou não. Eu faço as coisas. Mas, se eu fiz uma, posso fazer duas. Agora que eu tenho a fama, vou deitar na cama.

Tendo adquirido má reputação por ter fugido com Richard anos antes, sem que ele a convidasse explicitamente, ela o ameaça de usufruir as "vantagens" da liberdade sexual que o seu casamento consensual lhe faculta. Bertha é uma mulher que "faz as coisas", ao contrário de Beatrice. Nos apontamentos à peça, Joyce nos diz que "a mente de Beatrice é um templo frio e abandonado em que num passado longínquo se elevaram hinos aos céus, mas onde agora um sacerdote decrépito apenas oferece e sem esperanças orações ao Altíssimo". A própria Beatrice admitira a falta de energia de sua personalidade, e sua incapacidade de se entregar de todo a Richard:

RICHARD (*com certa veemência*) — Então, você compreendeu que o que expressei naqueles capítulos, nas cartas, e no meu caráter e vida era alguma coisa que estava dentro de você e que você não podia exprimir... por orgulho ou desprezo?

BEATRICE — Não podia?

RICHARD (*se inclina para ela*) — Não podia porque não ousava. É por isso?

BEATRICE (*abaixa a cabeça*) — É.

RICHARD — Por causa dos outros ou por falta de coragem? Pelo quê?

BEATRICE (*a meia voz*) — Por falta de coragem.

Também nos apontamentos à peça, Joyce afirma que "é difícil recomendar Beatrice ao interesse do público, já que cada homem entre o público é Robert mas desejaria ser Richard ou em qualquer caso pertencer a Bertha". A sensação de "falta de realidade" no delineamento da personagem Beatrice, apontada por alguns críticos, talvez vise a um efeito calculado de Joyce para suscitar a impressão de certo caráter inatingível, santificado até, aos olhos de Richard, de Bertha e aos nossos olhos. Ela aparece em cena como uma sombra, seu aspecto é o de uma virgem, e a ela Richard enviou, por assim dizer, uma "novena" de cartas quando de seu exílio voluntário. Aparentemente, seu único "pecado", assim Richard o sugere logo no começo da peça, foi ter selado com um beijo o compromisso com Robert no passado, e ter-lhe dado uma liga em meio ao jardim.[73] No entanto, numa peça em que todos procuram dominar uns aos outros, é possível que Beatrice também esteja interessada em exercer algum tipo de dominação sobre Richard — mais sutil, já que talvez se trate do domínio sobre sua mente como escritor:

> RICHARD — (...) Eu também lhe disse que eu não ia lhe mostrar o que eu tinha escrito. A menos que você pedisse. E então?
>
> BEATRICE — Não vou lhe pedir.
>
> RICHARD (*inclina-se para a frente, apoiando os cotovelos nos joelhos, as mãos unidas*) — Gostaria de ver?
>
> BEATRICE — Muito.
>
> RICHARD — Por que é sobre você?
>
> BEATRICE — É. Mas não só por isso.
>
> RICHARD — Por que foi escrito por mim? É isso?, mesmo que o que você encontrar lá possa às vezes ser cruel?
>
> BEATRICE (*timidamente*) — Isso também faz parte da sua mente.
>
> RICHARD — Então é a minha mente que atrai você? É isso?
>
> BEATRICE (*hesitando. Relanceia os olhos para ele por um instante*) — Por que acha que voltei?

Joyce estuda as relações de possessividade e traição em seus diversos níveis. Nas notas à peça, ele se refere ao drama como

> um corpo a corpo entre o Marquês de Sade e o Freiher von Sacher Masoch... O masoquismo de Richard não precisa de exemplo... O sadismo do caráter de Robert — o seu desejo de infligir a crueldade como uma parte necessária do prazer sensual — só é visível ou principalmente em seu comportamento com as mulheres para as quais ele é continuamente atraente porque continuamente agressivo. Para com os homens, contudo, ele é doce e humilde de coração.

73) Cf. Hanke, Suzette A. *James Joyce...*, op. cit., p. 234.

Diz-se que todo masoquista é um sádico, todo sádico, um masoquista, e Richard e Robert alternam-se em seus papéis de gato e rato. No início do Ato II, quando Robert está esperando Bertha no chalé mas Richard é quem aparece, este procura constranger Robert com a demonstração de seu controle logocêntrico e com o discurso da "honestidade". Mais tarde, ainda como parte desse confronto de forças, Robert chega até mesmo a desafiar Richard para um duelo, com sua habitual grandiloqüência melodramática:

> ROBERT (*com animação cada vez maior*) — Uma batalha das nossas duas almas, diferentes do jeito que são, contra tudo o que é falso nelas e no mundo. Uma batalha da sua alma contra o fantasma da fidelidade, da minha contra o fantasma da amizade.

Também nas notas, Joyce afirma que, como "uma contribuição para o estudo do ciúme, *Otelo* de Shakespeare é incompleto", e vai buscar na *passio irascibilis* dos escolásticos a definição de ciúme que lhe parece mais abrangente. Note-se que o tema literário, antiqüíssimo, do ciúme, tornou-se objeto de uma redescoberta por parte dos romancistas europeus depois da segunda metade do século XIX, e foi promovido a elemento central em muitas intrigas romanescas, certamente como conseqüência do esfacelamento e ocaso do grande mito do amor romântico, como afirmou Mariolina Bertini.[74] Como uma contribuição ao estudo do ciúme, *Exilados* também empreende uma sondagem do componente homossexual na amizade e nas reações do ciumento (quanto ao próprio Shakespeare, muitas vezes se falou desse componente, por exemplo, nas relações entre Otelo e Cássio e entre Leontes e Políxenes em *Conto de inverno*.) No domínio da ciência moderna, a suposição da natureza humana como bissexual seria particularmente desenvolvida por Freud, sobretudo num texto vindo a lume em 1922 e intitulado "Alguns mecanismos neuróticos no ciúme, na paranóia e na homossexualidade", e anos antes, também no domínio da arte, por Proust, fundamentalmente em *A prisioneira* e *A fugitiva* — para mencionar um ficcionista que, como Joyce, nos dá a impressão de também ter desentranhado de si a psicanálise. *Grosso modo*, as tendências voyeurísticas de Richard, com seus "interrogatórios", se assemelham às verdadeiras "pesquisas" acerca do passado erótico do ser amado empreendidas por Swan, Saint-Loup e Marcel, e também em Proust a idéia dessa mesma sondagem da alma da pessoa amada não levando a nenhuma "revelação" mas, em vez disso, suscitando no ciumento um estado de vertigem, se assemelha à idéia que está por trás do efeito final de *Exilados*.

---

74) Cf. BERTINI, Mariolina. "La gelosia: *La strada de Swann*". *La cultura del romanzo*, Franco Moretti (org.). Turim, Giulio Einaudi Editore, 2001, p. 471.

Em suas notas, porém, Joyce continua a dissecar as motivações mais secretas das personagens:

> ... o desejo de Richard... é sentir o *frisson* do adultério por procuração e possuir uma mulher já ligada, Bertha, através do órgão de seu amigo... A posse corporal de Bertha por Robert, repetida freqüentemente com certeza levaria a um contato quase carnal entre os dois homens. Eles desejam isso? Serem unidos, ou seja, carnalmente, por meio da pessoa e do corpo de Bertha, já que eles não podem, sem insatisfação e degradação, serem unidos carnalmente homem a homem como homem a mulher?

A idéia é bem intrigante: a mulher, aqui, é vista como o veículo através do qual os dois homens se possuem um ao outro "sem insatisfação e degradação". Richard afirma que desejou ser traído por Robert e Bertha, e Robert diz que, por considerar Bertha uma "obra" do amigo, ele, Robert, se sente atraído por ela. E acrescenta: "Você é tão forte, que me atrai, mesmo através dela." No relacionamento de Richard e Robert, essa dimensão de uma homossexualidade latente na amizade dos dois — ou, nas palavras de Joyce, uma "ampla esfera de vida" — é entrevista em diversos momentos da peça, sempre por meio de gestos e palavras ambíguas. Robert mostra-se nostálgico das "festas" e "orgias" de que ambos participaram:

> ROBERT — ... Meu Deus! Quando eu penso naquelas noitadas há muito tempo... conversas intermináveis, projetos, nossas festas, nossas orgias...
>
> RICHARD — Na nossa casa. (...) Era para ser o lar de uma vida nova. (*Refletindo.*) E foi no seu nome que cometemos todos os pecados.
>
> ROBERT — Pecados! Bebedeira e blasfêmia (*aponta para si próprio*) pra mim. E bebedeira e heresia, o que é muito pior (*aponta para Richard*), pra você. É a esses pecados que você se refere?
>
> RICHARD — A alguns outros.
>
> ROBERT (*ligeiramente intranqüilo*) — Quer dizer as mulheres. Não sinto nenhum remorso. Talvez você sinta. Nós tínhamos duas chaves nessas ocasiões. (*Maliciosamente.*) Você ainda tem?

Richard chama o lugar em questão — a casa de Robert — de "nossa casa", e cada qual tem uma chave. Logo depois, Bertha conta a Richard que Robert pediu a ela que fosse ao seu encontro mais tarde. Quando Richard por sua vez lhe pergunta sobre o local, ela lhe mostra o bilhete com o endereço, e a ambigüidade se insinua num *lapsus linguae* de Richard:

BERTHA — É, isso é tudo. Exceto que ele me perguntou se eu queria me encontrar com ele.

RICHARD — Em qualquer lugar por aí?

BERTHA — Não. Na casa dele.

RICHARD (*surpreso*) — Lá, com a mãe dele, é?

BERTHA — Não, numa casa que ele tem. Ele tomou nota do endereço pra mim.

Ela vai até a escrivaninha, pega a chave de dentro do vaso de flores, abre a gaveta e volta até ele com o pedaço de papel.

RICHARD (*meio para si próprio*) — Nosso chalé.

BERTHA (*passa-lhe o bilhete*) — Tome.

RICHARD (*ele o lê*) — É. Nosso chalé.

BERTHA — "Nosso" o quê...?

RICHARD — Não, dele. Sou eu que chamo de nosso.

Como é comum em seu vasto repertório de formas e recursos, Joyce se vale dos "lapsos" e do "esquecimento", objetos de estudo da psicanálise, como veículos para algum tipo de "revelação" (o registro de muitos desses "lapsos" se encontra já nas quarenta epifanias que Joyce anotou). Essa revelação não é senão o subconsciente em funcionamento, quando lembranças reprimidas penetram na linha de pensamento. Logo no início da peça, Beatrice foi até a casa da família Rowan para dar aula a Archie, mas "esqueceu" a partitura: para ela, dar aulas a Archie é apenas um pretexto para ver Richard. No caso em questão, porém, o possessivo plural em "nosso chalé" é um índice de um lugar "intimamente" partilhado pelos amigos no passado: Richard pode estar traindo indignação pelo fato de Robert querer levar Bertha ao local das antigas orgias de que os dois participavam, mas também pode estar traindo certa decepção por um tipo de "profanação" de um lugar que lhe era por assim dizer "sagrado". De qualquer modo, para a situação conflituosa em que se encontram, o forte sentimento de "fraternidade" que os liga é bem estranho. A certa altura, Richard diz que se entristeceu com ver os olhos de Robert e que teve vontade de passar-lhe o braço em torno do pescoço. Esse sentimento "terno" entre os dois encontra um eco momentâneo e longínguo na expressão de admiração de Bertha por

Beatrice no final do Ato III, ao perceber também a tristeza nos olhos da antagonista, esta sendo para Bertha a encarnação de tudo o que ela não é "por nascimento e educação":

BERTHA (*precipitando-se para ela impulsivamente*) — Estou sofrendo demais. Me desculpe se eu fui grosseira. Quero que nós sejamos amigas. (*Ela estende-lhe as mãos.*) Você quer?

BEATRICE (*tomando-lhe as mãos*) — De todo o coração.

BERTHA (*olhando para ela*) — Que cílios grandes e bonitos você tem! E os seus olhos, têm uma expressão tão triste!

BEATRICE (*sorrindo*) — Vejo muito pouco com eles. Eles são fracos.

Além de proporcionarem vislumbres da esfera dos sentimentos das personagens, as ambigüidades também são responsáveis por nossa incerteza quanto ao que aconteceu entre Bertha e Robert no final do Ato II. A exemplo do que faz tantas vezes em *Ulisses*, Joyce elimina uma cena essencial para nos deixar "na sombra". No Ato III, Bertha e Robert têm uma conversa sobre o que se passou naquela noite, mas nada de seguro é possível depreender de suas palavras:

ROBERT — Ele perguntou... o que aconteceu?

BERTHA (*juntando as mãos em desepero*) — Não. Ele se recusa a me perguntar o que quer que seja. Diz que nunca vai saber.

ROBERT (*com aprovação grave*) — Richard tem razão. Ele sempre tem razão.

BERTHA — Robert... você tem que falar com ele.

ROBERT — O que você quer que eu diga pra ele?

BERTHA — A verdade! Tudo!

ROBERT (*reflete*) — Não, Bertha. Eu sou um homem falando a outro homem. Não posso lhe contar tudo.

Nas notas de Joyce, lemos que "a dúvida que envolve o final da peça deve ser transmitida à platéia não apenas por meio das perguntas de Richard aos dois mas também a partir do diálogo entre Robert e Bertha". Nesse diálogo, as velhas metáforas românticas, por meio de que Robert se entrega a arroubos sentimentais, constituem a "neblina" que nos impede de perceber se a posse física se consumou ou não entre os dois:

> ROBERT (*segurando-a pela mão*) — Bertha! O que é que aconteceu ontem à noite? Qual é a verdade que eu devo contar pra ele? (*Olha-a avidamente dentro dos olhos.*) Você foi minha nessa noite de amor sagrada? Ou eu sonhei?

No momento em que Robert está prestes a dizer a Richard "tudo" o que se passou na noite em questão, Joyce, a fim de neutralizar certa tensão na cena, introduz um elemento cômico, típico de sua ironia, na voz de uma vendedora de peixes, que passa apregoando seu produto — como que para sugerir que alguma coisa "cheira mal" no relato de Robert, quando não para insinuar conotações grosseiras:

> ROBERT (*com calma*) — Vou lhe dizer a verdade, Richard. Está ouvindo?
>
> RICHARD (*ergue o rosto e se inclina para trás para ouvir*) — Sim.
>
> *Robert se senta na cadeira ao lado dele. Ouve-se a Vendedora de Peixes apregoando mais longe.*
>
> A VENDEDORA DE PEIXES — Arenque fresco! Arenque da baía de Dublin!

Momentos depois, uma outra dúvida começa a aflorar de um comentário de Robert:

> RICHARD — Então, você quer que eu acredite em quê?
>
> ROBERT — Quero que você acredite que eu fracassei. Que Bertha é sua agora como foi há nove anos, quando você... quando nós... a encontramos pela primeira vez.

A determinação de exatos "nove anos" não pode ser senão ambígua. Bertha teria enganado Richard quase uma década antes, quando os três se encontraram pela primeira vez? Logo em seguida, Richard diz que antes que o dia amanhecesse andou pela praia ouvindo "vozes" aconselhando-o a que desesperasse, "vozes dos que dizem que me amam". Quando os dois escutam os gritos de Archie, Robert pergunta a Richard se este também ouvira em sua caminhada a voz do filho, e acrescenta:

> ROBERT — É possível que ali, Richard, esteja a liberdade que nós procuramos — Você de uma forma, eu de outra. Nele, e não em nós. Talvez...

RICHARD — Talvez...?

ROBERT — Eu disse *talvez*. Eu diria com certeza, se...

RICHARD — Se o quê?

ROBERT (*com um ligeiro sorriso*) — Se ele fosse meu filho.

Ao ouvirmos essa última "expressão casual" de Robert, a nossa mente, para usar uma imagem de Joyce, "é torturada com alguma questão" — a possibilidade de Robert ser o verdadeiro pai de Archie. Essa hipótese é reforçada pouco antes de Robert e Archie saírem juntos de cena, num gracejo que Robert faz a Archie quando este lhe pergunta se ele, Robert, não vai-lhe contar um conto de fadas: "Um conto de fadas? Por que não? Eu sou sua fada-padrinho" — gracejo em que palpita de novo a idéia de paternidade. Mas nada se pode provar aqui, também, e no final da peça, Richard falará a Bertha da "ferida profunda" de "dúvida" em sua alma, e dirá que por nada no mundo poderá saber o que houve. Vicki Mahaffey acha que essas palavras de Richard — em inglês "wound of doubt" — por seu tom retórico, em certa medida "estragam" o final de *Exilados*. Em *The penetration of exiles*, porém, Simon Evans examina a etimologia do verbo *to exile*, que ele prefere traduzir como *to wound*, "causar feridas, dilacerar", do latim *ex-ilia*, "de dentro das entranhas", ou alternativamente como "to leap out", "irromper", do latim *ex-salire*[75] — uma hipótese tentadora que viria dessa forma contrapor-se ao comentário de Vicki. Em suas notas, Joyce afirmou que a peça não é sobre adultério, mas sobre "exílio", e dessa óptica se poderia discernir um dos sentidos do título — o de que essas formas de dúvida de que as personagens padecem são a causa de seu profundo isolamento. Na verdade, foram poucas as obras que retrataram tão bem essa condição. No centro de sua técnica teatral, Joyce dispersa silêncios estilizados para aumentar a impressão desse isolamento das personagens, as quais não recebem no final nenhum consolo "metafísico". Na batalha entre Richard e Robert, por exemplo, o vencedor não é nomeado: para Robert resta o exílio de onde Richard voltara, e para Richard resta a dúvida perpétua sobre a fidelidade de Bertha e a frustração de seu voyeurismo. Quanto ao leitor ou espectador, a impressão é a de que Joyce o "seduz" do começo ao fim para depois frustrá-lo também com um final anticlimático: como às personagens, também a ele são negadas todas as bases do conhecimento, da certeza e da fé. Se há uma voz na peça que, da distância de seu

75) Lê-se na p. 41 desse livro: "*Exilados* está contido no espaço tornado vago por essas duas derivações, entre as ressonâncias de uma chaga simbólica que se pode referir ou a uma fatalidade ou a um triunfo da ressurreição". Cf. EVANS, Simon. *The penetration of exiles*. Colchester, A Wake Newslitter Press, 1984.

isolamento, se erga com mais força, essa voz é de Bertha. Nas notas, ela é chamada de a "noiva no exílio", e na cena final, em contraste com as inquietações de Richard e com seu imenso cansaço, ela permanece inabalável, indiferente à ordem de coisas que ele quer destruir, uma promessa de renovação emocional, consoante ao simbolismo ligado à fecundidade que Joyce lhe atribui:

> Me esqueça, Dick. Me esqueça e me ame de novo como na primeira vez. Eu quero o meu amante: quero encontrá-lo, quero ir até ele, me entregar a ele. A você, Dick. Oh, meu amante estranho, desvairado — volte pra mim!

Como viria a fazer em seguida em *Ulisses*, também aqui Joyce concede a palavra final a uma mulher.

* * *

Exilados é, de fato, uma peça estranha. Dela já se disse que se desenrola "no labirinto do cérebro", e a expressão não parece equivocada. Se for considerada um tipo de "dramaturgia psicológica", será possível supor que seu desdobramento natural tenha sido a extraordinária cena de *Walpurgisnacht* no episódio "Circe" de *Ulisses*, uma "peça de sonho" na esteira de Strindberg; mas Joyce sempre escapa às classificações, e uma das marcas de *Exilados* é a indeterminação de seu gênero. No nível da linguagem, é possível encontrar nela, por exemplo, traços da comédia de costumes, da parábola moral, da paródia romântica, do melodrama e da farsa. A estranheza de sua "forma" foi percebida por Ezra Pound, num artigo que este escreveu sobre a peça, no qual ele se pergunta se as excelências dessa obra não são as do "romancista", para afirmar a seguir que ela

> ... não poderia ter sido criada como um romance. Ela é, distintamente, uma peça. Tem a forma de uma — não quero dizer que ela seja escrita em diálogos com os nomes das pessoas que falam postos em frente de suas falas. Quero dizer que ela tem forma interior; que os atos e falas de uma pessoa levam aos atos e falas de uma outra e fazem da peça um todo indivisível e coeso. (...) Não vejo uma maneira pela qual a peça poderia ser aperfeiçoada ao se refazê-la na forma de um romance. De fato, ela não poderia ser senão uma peça. E no entanto ela é absolutamente imprópria para o palco como a conhecemos. (...) E a pergunta que estou tentando fazer e que reformulo e reitero é só esta: se devem nossos homens mais inteligentes fazer esse tipo de trabalho no romance, *unicamente no romance*, ou se a esses homens será possível, em nossa época, fazê-lo no teatro?[76]

---

76) POUND, Ezra. "Mr. James Joyce and the Modern Stage". *James Joyce, the critical heritage*, Robert H. Deming (org.). Londres, Routledge & Kegan Paul, p. 134.

A pergunta de Pound foi respondida com quase um século de experimentações de todo tipo no palco; mas, acerca da "carpintaria teatral" de *Exilados*, também seria possível repetir as palavras de Joyce em sua resenha sobre Ibsen: "Diremos literalmente a verdade se afirmarmos que nos três atos do drama se disse tudo o que é essencial para esse drama... dificilmente há uma palavra ou frase supérflua". Não obstante isso, *Exilados* é, *distintamente*, uma peça teatral. J.C.C. Mays afirmou que ela "não encontrou nenhum lugar na tradição do teatro porque recusa um lugar",[77] e, *enquanto peça*, ela dá a impressão de querer ir além de si mesma. Na verdade, a julgar pela crítica de Pound, ela parece querer invadir o espaço do romance. Como em todas as obras de Joyce, nela também não se encontra o que se chama de "ação", do modo como as peças nos ensinaram a entendê-la. Há notadamente um protagonista, de cuja consciência parece dimanar a luz que vai banhando as cenas. A "prospecção" interior das personagens vai-se dando por meio de gestos mínimos, até mesmo "lapsos" e "esquecimentos". As alusões na peça são quase imperceptíveis. O drama, assim, vai negando o domínio que lhe é peculiar — o do explícito — e se alimentando de subentendidos, subtons, os quais, mesmo que façam a glória de um Tchekov, por exemplo, costumam constituir as limitações do próprio teatro.[78] Sem o radicalismo das inovações lingüísticas das obras ulteriores de Joyce, nesse sentido também é possível considerar *Exilados*, como disse Francis Ferguson, "um drama para acabar com dramas": aqui igualmente se observa uma "explosão das formas" para abarcar as "paixões eternas". Do ponto de vista de sua exiqüibilidade no palco, ao leitor caberá decidir se ela se presta mais a ser assistida da poltrona de um teatro ou lida no sofá em casa. De qualquer forma, as dúvidas sobre isso sempre dependerão do que se espera que *Exilados* seja — uma *peça de teatro*, ou simplesmente, por falta de classificação, um *texto joyciano*. Afinal de contas, é fundamentalmente de "dúvidas" que a peça trata. Em sua biografia, Ellmann recorda Joyce perguntando a Arthur Laubenstein com seu característico gosto pelo paradoxal e enigmático: "Qual seria para você o poder maior para unir as pessoas, a fé plena ou a dúvida?" Laubenstein disse que "a fé", mas Joyce foi peremptório: "Não, o negócio é a dúvida. A vida está suspensa na dúvida como o mundo suspenso no vazio. Você pode encontrar isso tratado de certa forma em *Exilados*".

São Paulo, 25 de novembro de 2002

---

77) JOYCE, James. *Poems and exiles*, J.C.C. Mays (org.). Londres, Penguin Books, 1992, p. xliv.

78) Cf. ALMEIDA PRADO, Décio de. "A personagem no teatro". *A personagem de ficção*. São Paulo, Boletim de teoria literária e literatura comparada, n. 284, 1963, p. 76.

* * *

No final deste volume, o leitor encontrará o Apêndice I, com as notas de Joyce para a peça, e o Apêndice II, com um poema que Joyce escreveu sobre Ibsen em 1934. No caso das notas, elas são consideradas hoje um material raro dentre os escritos de Joyce, pelo que revelam sobre os processos criativos do autor. Nelas o leitor encontrará fragmentos de diálogos, passagens com reflexões de ordem filosófica, crítica, temática e prática sobre a peça, o desenvolvimento da ação, as personagens e suas motivações, bem como sobre os efeitos pretendidos por Joyce no que concerne às reações da platéia. Por fugir ao escopo desta edição, deixamos de incluir os fragmentos de diálogos que se acham atualmente em Cornell e que se acredita sejam cópias feitas por Stanislaus em 1915, a partir de uma versão perdida de anos anteriores. O leitor interessado nesses fragmentos remeto-o ao livro organizado por J.C.C. Mays citado nas notas deste ensaio.

Este livro dá continuidade ao trabalho iniciado com *Música de câmara* e *Pomas, um tostão cada*, e a ele se seguirão as publicações de *Stephen, o herói* e um estudo das *Epifanias* de Joyce. Como disse em volume anterior, essa iniciativa visa preencher uma lacuna nas publicações das obras de Joyce no Brasil e contribuir um pouco com uma visão mais abrangente da trajetória desse que foi um dos maiores escritores do século passado. Para tanto, tenho contado com o conhecimento e com a generosidade de leitores atilados. Assim, gostaria de agradecer a Sandra Mara, parceira nessa empreitada e em tantas outras, pela atenção e paciência na busca de soluções; a Frederico Ozanam Pessoa de Barros, mestre e amigo, e a Nícia Maria Lira Gomes, a quem devo a gentileza de terem comentado comigo diversos passos do original; e a Áurea Maria Corsi, pela mão segura da revisora. É desnecessário dizer que essas pessoas estão isentas das falhas deste trabalho.

Nora, com sua mãe e Giorgio. Galway, 1912.

EXILADOS

PERSONAGENS

Richard Rowan, *um escritor*
Bertha
Archie, *filho de Richard e Bertha, com oito anos*
Robert Hand, *jornalista*
Beatrice Justice, *prima de Robert, professora de música*
Brigid, *velha criada da família Rowan*
Uma vendedora de peixes

A ação se passa em Merrion e Ranelagh, bairros afastados de Dublin, no verão de 1912.

PRIMEIRO ATO

Sala de estar na casa de Richard Rowan, em Merrion, um bairro afastado de Dublin. À direita, em primeiro plano, uma lareira diante da qual se encontra um pára-fogo pequeno. Sobre o consolo da lareira, um espelho de moldura dourada. Mais para trás, na parede direita, uma porta de dois batentes, dando para a sala de visitas e para a cozinha. Na parede ao fundo e à direita, uma porta pequena, que dá para um escritório. À esquerda dessa porta, um bufê. Na parede, acima do bufê, um desenho a creiom emoldurado, retratando um jovem. Mais à esquerda, uma porta dupla envidraçada, que dá para o jardim. Na parede da esquerda, uma janela com vista sobre a rua. À frente, na mesma parede, uma porta que leva ao vestíbulo e ao andar superior da casa. Entre a janela e a porta, contra a parede, uma pequena escrivaninha feminina. Perto dela, uma cadeira de vime. No centro da sala, uma mesa redonda circundada por cadeiras forradas de veludo verde desbotado. À direita, à frente, uma mesa menor com objetos para o fumante. Junto à mesa, uma poltrona e um sofá. Há esteiras de ráfia diante da lareira, ao lado do sofá e à frente das portas. O assoalho é de entaboamento pintado. Na porta envidraçada e do fundo e na de dois batentes à direita há cortinas de renda puxadas parcialmente. O caixilho inferior da janela de guilhotina está levantado, e essa janela está guarnecida de pesadas cortinas de veludo verde. A persiana foi puxada até o limite do caixilho inferior levantado. É uma tarde cálida de junho, e o cômodo está cheio da luz suave do sol que vai-se desvanecendo.

Brigid e Beatrice Justice entram pela porta à esquerda. Brigid é uma mulher de idade, de baixa estatura, com cabelos grisalhos. Beatrice Justice é uma jovem morena e esguia, de 27 anos. Usa um vestido azul-marinho, de bom corte, um chapéu preto elegante bem discreto, e carrega uma pasta pequena.

BRIGID — A senhora e o senhor Archie estão no banho. Eles não a esperavam. A senhora os avisou de sua volta, senhorita Justice?

BEATRICE — Não. Acabo de chegar.

BRIGID (*apontando para a poltrona*) — Sente-se. Vou dizer ao senhor que a senhorita está aqui. A viagem foi longa?

BEATRICE (*sentada*) — Saí de manhã.

BRIGID — O senhor Archie recebeu o seu cartão-postal de Youghal. Mas a senhorita com certeza está muito cansada.

BEATRICE — Oh, não. (*Tosse um tanto nervosamente.*) Archie praticou ao piano enquanto estive fora?

BRIGID (*rindo com satisfação*) — Se praticou ao piano? Quer dizer o senhor Archie? Ele está doido é pelo cavalo do leiteiro agora. Fez bom tempo por lá, senhorita Justice?

BEATRICE — Meio úmido, acho.

BRIGID (*com simpatia*) — Veja só isso. E vem chuva pela frente. (*Segue na direção do escritório.*) Vou avisar que a senhorita está aqui.

BEATRICE — O senhor Rowan está?

BRIGID (*apontando*) — Está no escritório. Está-se matando de trabalhar por causa de algo que anda escrevendo. É assim a metade da noite. (*Saindo.*) Vou chamá-lo.

BEATRICE — Não o incomode, Brigid. Posso esperar aqui até que eles voltem, se não demorarem muito.

BRIGID — Vi a correspondência na caixa do correio quando fui-lhe abrir a porta. (*Ela vai até a porta do escritório, abre-a ligeiramente e chama.*) Senhor Richard, a senhorita Justice está aqui para a aula do senhor Archie.

Richard Rowan sai do escritório e dirige-se até Beatrice, estendendo-lhe a mão. Trata-se de um jovem alto e atlético, de ar um tanto negligente. Seus cabelos são castanho-claros, ele usa bigode e óculos. Está usando um terno de tweed *largo e cinzento-claro.*

RICHARD — Seja bem-vinda!

BEATRICE (*levanta-se e aperta-lhe a mão, ligeiramente ruborizada*) — Boa tarde, senhor Rowan. Não quis que Brigid o incomodasse.

RICHARD — Me incomodar? Pelo amor de Deus!

BRIGID — Tem alguma coisa na caixa do correio, senhor.

RICHARD (*tira um pequeno molho de chaves do bolso, molho que dá para ela*) — Tome.

Brigid sai pela porta da esquerda, e ouve-se a caixa do correio se abrir e se fechar. Uma pausa curta. Ela volta com dois jornais na mão.

RICHARD — Tem cartas?

BRIGID — Não, senhor. Só os jornais italianos.

RICHARD — Pode deixar na mesa, está certo?

Brigid devolve-lhe as chaves, deixa os jornais no escritório, se volta de novo e sai pela porta de dois batentes à direita.

RICHARD — Por favor, sente-se. Bertha vai estar de volta a qualquer momento.

Beatrice senta-se novamente na poltrona. Richard senta-se junto da mesa.

RICHARD — Tinha começado a pensar que você não ia voltar nunca mais. Faz doze dias que você esteve aqui.

BEATRICE — Pensei nisso também. Mas eu voltei.

RICHARD — Pensou no que eu lhe disse quando esteve aqui pela última vez?

BEATRICE — Muito.

RICHARD — Você já devia saber antes, não é verdade? (*Ela não responde.*) Acha que eu sou culpado?

BEATRICE — Não.

RICHARD — Acha que eu agi mal com você? Não? Ou com outra pessoa?

BEATRICE (*olha-o com expressão de tristeza e perplexidade*) — Fiz essa pergunta pra mim mesma.

RICHARD — E qual foi a resposta?

BEATRICE — Eu não poderia lhe dizer.

RICHARD — Se eu fosse pintor e lhe dissesse que tenho um caderno com esboços seus, você não acharia tão estranho, acharia?

BEATRICE — Não é bem o caso, não é?

RICHARD (*sorri ligeiramente*) — Não exatamente. Eu também lhe disse que eu não ia lhe mostrar o que eu tinha escrito. A menos que você pedisse. E então?

BEATRICE — Não vou lhe pedir.

RICHARD (*inclina-se para a frente, apoiando os cotovelos nos joelhos, as mãos unidas*) — Gostaria de ver?

BEATRICE — Muito.

RICHARD — Por que é sobre você?

BEATRICE — É. Mas não só por isso.

RICHARD — Por que foi escrito por mim? É isso? Mesmo que o que você encontrar lá possa às vezes ser cruel?

BEATRICE (*timidamente*) — Isso também faz parte da sua mente.

RICHARD — Então é a minha mente que atrai você? É isso?

BEATRICE (*hesitando. Relanceia os olhos para ele por um instante*) — Por que acha que voltei?

RICHARD — Por quê? Por muitas razões. Pra dar aulas pro Archie. Nós nos conhecemos há muitos anos, desde a infância, Robert, você e eu, não é? Você sempre esteve interessada em mim. Antes da minha partida e enquanto eu estava fora. Depois foram as cartas que nós trocamos. Sobre o meu livro. Agora ele está publicado. Estou aqui, de novo. Talvez você sinta que alguma coisa nova está tomando forma no meu cérebro. Talvez sinta que você devia saber disso. É essa a razão?

BEATRICE — Não.

RICHARD — Por que, então?

BEATRICE — De outra forma, eu não poderia ver você.

Ela olha para ele por um momento e então desvia o olhar rapidamente.

RICHARD (*depois de uma pausa, repete com insegurança*) — De outra forma você não poderia me ver?

BEATRICE (*confusa, de repente*) — É melhor que eu vá embora. Eles estão demorando pra chegar. (*Levantando-se.*) Senhor Rowan, tenho que ir.

RICHARD (*estendendo os braços*) — Mas você está fugindo! Fique. Me explique o que quis dizer. Está com medo de mim?

BEATRICE (*se deixa afundar na poltrona de novo*) — Medo? Não.

RICHARD — Você confia em mim? Sente que me conhece?

BEATRICE (*de novo timidamente*) — É difícil conhecer outra pessoa além de nós mesmos.

RICHARD — Difícil me conhecer? Eu lhe enviei de Roma os capítulos do meu livro à medida que eles iam sendo escritos e as cartas. Por nove longos anos. Ou melhor, oito anos.

BEATRICE — É. A primeira carta demorou quase um ano pra chegar.

RICHARD — Você respondeu de imediato. E desde aquela vez você tem testemunhado a minha luta. (*Junta as mãos com ansiedade.*) Me diga, senhorita Justice: acha que aquilo que você leu foi escrito para os seus olhos? Ou que você me inspirou?

BEATRICE (*sacode a cabeça*) — Não tenho que responder a essa pergunta.

RICHARD — E então?

BEATRICE (*depois de um momento de silêncio*) — Não sei dizer. O senhor é que tem que me responder, senhor Rowan.

RICHARD (*com certa veemência*) — Então, você compreendeu que o que expressei naqueles capítulos, nas cartas, no meu caráter e na minha vida era alguma coisa que estava dentro de você, e que você não podia exprimir... por orgulho ou desprezo?

BEATRICE — Não podia?

RICHARD (*se inclina para ela*) — Não podia porque não ousava. É por isso?

BEATRICE (*abaixa a cabeça*) — É.

RICHARD — Por causa dos outros ou por falta de coragem? Pelo quê?

BEATRICE (*a meia voz*) — Por falta de coragem.

RICHARD (*lentamente*) — E por isso você me seguiu também com orgulho e desprezo no coração?

BEATRICE — E solidão.

Ela leva a mão ao rosto, ocultando-o. Richard se levanta e anda lentamente até a janela à esquerda. Ele olha para fora por alguns momentos e depois volta-se para ela, cruza a sala de estar e se senta perto dela.

RICHARD — Você ainda o ama?

BEATRICE — Já nem sei mais.

RICHARD — Era isso que me fazia ser tão reservado com você naquelas ocasiões — mesmo que eu notasse o seu interesse por mim, mesmo que eu sentisse que eu também era algo na sua vida.

BEATRICE — Você era.

RICHARD — Você me afastou de você. Eu sentia que eu era um terceiro. Os nomes de vocês dois sempre eram ditos juntos, Robert e Beatrice, pelo que eu me lembro. E não era só eu que tinha essa impressão — todo mundo tinha...

BEATRICE — Nós somos primos-irmãos. Não é de estranhar que a gente sempre andasse junto.

RICHARD — Ele me falou do seu compromisso secreto com ele. Ele não tinha segredos pra mim. Suponho que você saiba disso.

BEATRICE (*intranqüila*) — O que aconteceu... entre nós... foi há muito tempo... Eu era uma menina.

RICHARD (*sorri maliciosamente*) — Uma menina? Tem certeza? Foi no jardim da casa da mãe dele. Não foi? (*Aponta para o jardim.*) Lá. Vocês selaram o compromisso de vocês, como se diz, com um beijo. E você deu pra ele a sua liga. É permitido mencionar isso?

BEATRICE (*com certa reserva*) — Se você acha que vale a pena mencionar.

RICHARD — Acho que você não esqueceu. (*Juntando as mãos calmamente.*) Não entendo. Também achei que depois que eu tinha partido... Você sofreu com a minha ausência?

BEATRICE — Eu sempre soube que você ia partir um dia. Não sofri. Só mudei.

RICHARD — Com relação a ele?

BEATRICE — Tudo mudou. A vida dele, até o jeito de ele pensar, parece que mudaram depois disso.

RICHARD (*refletindo*) — É. Vi que você tinha mudado quando recebi a sua primeira carta depois de um ano; depois da sua doença também. Você até disse isso na sua carta.

BEATRICE — Isso quase me fez morrer. Me fez ver as coisas de maneira diferente.

RICHARD — E foi assim que a frieza começou entre vocês, aos poucos. Não é isso?

BEATRICE (*semicerrando os olhos*) — Não. Não a princípio. Eu via nele um pálido reflexo de você. Depois, isso também passou. Mas, do que adianta agora falar sobre esse assunto?

RICHARD (*com energia contida*) — Mas o que é que parece pesar tanto pra você? Não pode ser tão trágico.

BEATRICE (*calmamente*) — Não, no fundo não é trágico. Os outros me dizem que eu vou melhorar aos poucos, à medida que for envelhecendo. E também que, como não morri até agora, provavelmente vou continuar a viver. Vou ter de novo vida e saúde — quando não me tiverem serventia. (*Calma e amargamente.*) Sou uma convalescente.

RICHARD (*delicadamente*) — Então nada na vida lhe traz paz? Com certeza ela existe pra você em algum lugar.

BEATRICE — Se houvesse conventos na nossa religião, talvez neles. Pelo menos é assim que eu penso às vezes.

RICHARD (*faz um meneio com a cabeça*) — Não, senhorita Justice, nem mesmo lá. Você não pode se entregar de maneira livre e total.

BEATRICE (*olhando para ele*) — Eu ia tentar.

RICHARD — Ia tentar, sim. Você se sentiu atraída por ele enquanto o seu espírito era atraído para mim. Você se afastou dele. De mim também, de um jeito diferente.Você não pode se entregar de maneira livre e total.

BEATRICE (*junta as mãos com delicadeza*) — É uma coisa muito difícil de fazer, senhor Rowan — se entregar assim. E ser feliz.

RICHARD — Mas você acha que a felicidade é o que nós podemos conhecer de melhor e de mais elevado?

BEATRICE (*com fervor*) — Ah, se eu pudesse achar isso!

RICHARD (*recosta-se, juntando as mãos por trás da cabeça*) — Ah, se você soubesse como eu estou sofrendo neste momento! Por sua causa, também. Mas sofrendo principalmente por mim mesmo. (*Com energia amarga.*) E como eu rezo pra que a dureza de coração da minha mãe, que já morreu, me seja concedida de novo! Tenho que encontrar ajuda dentro ou fora de mim. E vou encontrá-la.

Beatrice se levanta, olha fixamente para ele e caminha até a porta do jardim. Volta-se, indecisa, olha-o de novo e, ao regressar, se inclina sobre a poltrona.

BEATRICE (*serenamente*) — Ela mandou chamar você antes de morrer, senhor Rowan?

RICHARD (*perdido em pensamentos*) — Quem?

BEATRICE — Sua mãe.

RICHARD (*voltando a si, olha para ela com muita atenção por um momento*) — Então aqui também os meus amigos têm dito isso — que ela mandou me chamar antes de morrer e que eu não fui vê-la?

BEATRICE — Sim.

RICHARD (*friamente*) — Ela não fez isso. Ela morreu sozinha, sem me perdoar, e consolada com os ritos da Santa Madre Igreja.

BEATRICE — Senhor Rowan, por que o senhor fala comigo desse jeito?

RICHARD (*levanta-se e anda de um lado para outro com nervosismo*) — E você vai dizer que o que estou sofrendo agora é o meu castigo.

BEATRICE — Ela escreveu pra você? Quer dizer, antes...

RICHARD (*parando*) — Escreveu. Uma carta dando conselhos, me animando a esquecer o passado e a lembrar as últimas palavras dela pra mim.

BEATRICE (*delicadamente*) — E a morte? Ela não o comove, senhor Rowan? Ela é um fim. Tudo o mais é tão incerto.

RICHARD — Enquanto ela viveu, ela deu as costas a mim e aos meus. E isso é uma coisa certa.

BEATRICE — A você e...?

RICHARD — Bertha, a mim, ao nosso filho. Por isso eu esperei o fim, como você diz. E ele chegou.

BEATRICE (*cobre o rosto com as mãos*) — Oh, não, não é possível.

RICHARD (*com ferocidade*) — Como é que as minhas palavras podem ferir o pobre corpo dela que apodrece no túmulo? Você acha que eu não sinto piedade pelo amor gélido e maldito dela por mim? Lutei até o fim contra o espírito dela enquanto ela viveu. (*Ele pressiona a mão contra a testa.*) Continua a lutar contra mim. Aqui.

BEATRICE (*como antes*) — Oh, não fale assim!

RICHARD — Ela me afastou. Por causa dela, vivi anos no exílio e na pobreza também, ou quase. Nunca aceitei as esmolas que ela me enviava pelo banco. Eu também esperei. Não pela morte dela, mas por um pouco de compreensão para comigo, seu próprio filho, sua própria carne, sangue do seu sangue. Mas isso nunca chegou.

BEATRICE — Nem mesmo depois que Archie nasceu...?

RICHARD (*de modo rude*) — Meu filho? Veja: um filho do pecado e da vergonha! Você está falando sério? (*Ela ergue a cabeça e o encara.*) Havia por aí línguas prontas pra contar tudo pra ela, pra aumentar ainda mais a amargura do coração dela quanto a mim e a Bertha e a nosso filho sem Deus e sem nome. (*Estendendo-lhe as mãos.*) Você não ouve como ela zomba de mim enquanto eu falo? Com certeza você deve reconhecer a voz, a voz que chamou você de "a protestante negra", a filha do apóstata. (*Com um autocontrole súbito.*) De qualquer modo, uma mulher notável.

BEATRICE (*com voz fraca*) — Pelo menos, você está livre agora.

RICHARD (*assentindo*) — Estou. Ela não pôde alterar os termos do testamento de meu pai. Nem viver pra sempre.

BEATRICE (*com as mãos unidas*) — Os dois já se foram, senhor Rowan. E os dois o amavam, pode acreditar. As suas últimas palavras foram para o senhor.

RICHARD (*aproximando-se, toca-lhe de leve o ombro e aponta para o desenho a creiom na parede*) — Aqui está ele, sorridente e belo. As últimas palavras dele! Eu me lembro da noite em que ele morreu. (*Faz uma pausa por um instante, e em seguida prossegue com tranqüilidade.*) Eu era um menino, tinha catorze anos. Ele me pediu pra eu ir até a cabeceira da cama. Ele sabia que eu queria ir ao teatro pra ouvir *Carmen*. Pediu pra a minha mãe que me desse um xelim. Dei um beijo nele e saí. Quando voltei pra casa, ele já tinha morrido. Essas foram as últimas palavras dele, pelo que eu sei.

BEATRICE — A dureza de coração pela qual você rezou... (*Ela interrompe a fala.*)

RICHARD (*sem dar atenção*) — Essa é a última lembrança que eu tenho dele. Não existe algo terno e nobre nisso?

BEATRICE — Senhor Rowan, há alguma coisa na sua mente que o faz falar desse modo. Alguma coisa fez o senhor mudar desde que chegou três meses atrás.

RICHARD (*contemplando de novo o desenho, com calma, quase com alegria*) — Ele talvez me ajude. Meu pai, sorridente e belo.

Ouve-se bater à porta do vestíbulo à esquerda.

RICHARD (*bruscamente*) — Não, não, senhorita Justice. Não é desse sorriso. Mas do espírito de minha velha mãe é que eu preciso. Eu já vou.

BEATRICE — Alguém bateu. Eles voltaram.

RICHARD — Não. Bertha tem uma chave. É ele. De qualquer jeito eu já vou, seja quem for.

Ele sai depressa pela esquerda e volta logo em seguida com um chapéu de palha na mão.

BEATRICE — Ele? Quem?

RICHARD — Oh, com certeza o Robert. Estou saindo pelo jardim. Não tenho condições de vê-lo agora. Diga que fui ao correio. Até logo.

BEATRICE (*com sobressalto cada vez maior*) — É Robert que você não quer ver?

RICHARD (*tranqüilamente*) — Por enquanto, não. Essa conversa me deixou agitado. Peça a ele que espere.

BEATRICE — Você vai voltar?

RICHARD — Se Deus quiser.

Ele sai rapidamente pelo jardim. Beatrice faz menção de segui-lo e então pára, depois de alguns passos. Brigid entra pela porta de dois batentes à direita e sai pela esquerda. Ouve-se a porta que dá para o vestíbulo se abrir. Segundos depois, Brigid entra, seguida de Robert Hand.

Robert Hand é um homem de estatura mediana, um tanto robusto, entre trinta e quarenta anos. Tem o rosto bem barbeado e traços expressivos. O cabelo e os olhos são negros e a pele, morena. Seu modo de andar e falar é um tanto lento. Veste um terno azul-escuro leve e traz na mão um grande buquê de rosas vermelhas embrulhadas em papel de seda.

ROBERT (*aproximando-se dela com a mão estendida, que ela aperta*) — Minha querida prima! Brigid me disse que você estava aqui. Eu nem imaginava! Mandou um telegrama pra minha mãe?

BEATRICE (*olhando as rosas*) — Não.

ROBERT (*reparando no olhar dela*) — Você está admirando as minhas rosas. Eu as trouxe para a dona da casa. (*Criticamente.*) Não sei se são bonitas o bastante...

BRIGID — Ah, elas são lindas, senhor. A dona da casa vai ficar encantada.

ROBERT (*depõe as rosas negligentemente sobre uma cadeira fora do alcance da visão*) — Ninguém em casa?

BRIGID — Sim, senhor. Sente-se, por favor. Eles vão chegar a qualquer momento. O senhor estava aqui agora há pouco.

Ela olha ao redor e, esboçando um cumprimento, sai pela direita.

ROBERT (*após um breve silêncio*) — E como anda, Beatty? Como estão todos em Youghal? Enfadonhos, como sempre?

BEATRICE — Ficaram bem quando eu parti.

ROBERT (*com polidez*) — Oh, lamento não ter sabido que você estava chegando. Eu teria ido encontrá-la na estação. Por que é que não avisou? Você age de modo estranho, Beatty, não acha?

BEATRICE (*no mesmo tom*) — Obrigada, Robert. Estou acostumada a me virar sozinha.

ROBERT — É, só que eu quero dizer... Oh, bem, você chegou como costuma chegar. (*Ouve-se um barulho na janela e a voz de um menino, que grita "senhor Hand!"; Robert se volta.*) Meus Deus! Archie também está chegando — como costuma chegar!

Archie trepa sobre a janela aberta à esquerda até a sala, e depois dá um pulo, corado e ofegante. Archie é um menino de oito anos, vestido com calções brancos amarrados abaixo dos joelhos, camisa e boné. Usa óculos, seus gestos são vivazes e ele fala com um ligeiro sotaque estrangeiro.

BEATRICE (*aproximando-se dele*) — Meu Deus, Archie! O que houve?

ARCHIE (*erguendo-se, sem fôlego*) — Ufa! Eu vim correndo por toda a rua.

ROBERT (*sorri e lhe estende a mão*) — Boa tarde, Archie. Por que veio correndo?

ARCHIE (*apertando-lhe a mão*) — Boa tarde. Nós vimos você na plataforma do bonde e eu gritei: *Senhor Hand!* Mas o senhor não me viu. Mas nós vimos o senhor, a mamãe e eu. Ela vai estar aqui num minuto. Eu corri.

BEATRICE (*estendendo-lhe a mão*) — E não diz nada pra mim?

ARCHIE (*aperta-lhe a mão um tanto tímido*) — Boa tarde, senhorita Justice.

BEATRICE — Ficou desapontado por eu não ter dado aula na última sexta-feira?

ARCHIE (*olhando para ela, sorri*) — Não.

BEATRICE — Contente?

ARCHIE (*bruscamente*) — Mas hoje já está muito tarde...

BEATRICE — Uma liçãozinha?

ARCHIE (*satisfeito*) — Sim.

BEATRICE — Mas agora você tem que estudar, Archie.

ROBERT — Esteve na praia?

ARCHIE — Estive.

ROBERT — Já sabe nadar bem?

ARCHIE (*apoiando-se sobre a escrivaninha*) — Não. Mamãe não me deixa ir no fundo. E o senhor, sabe nadar bem, senhor Hand?

ROBERT — Esplendidamente. Como uma pedra.

ARCHIE (*ri*) — Como uma pedra! (*Apontando para baixo.*) Pra lá?

ROBERT (*com o mesmo gesto*) — É, pra baixo: direto pra baixo. Como se diz isso na Itália?

ARCHIE — Isso? *Giù*. (*Apontando para baixo e para cima.*) Assim é *giù* e assim é *su*. Você quer falar com meu papai?

ROBERT — Quero. Eu vim vê-lo.

ARCHIE (*encaminhando-se para o escritório*) — Vou falar pra ele. Ele está aqui, escrevendo.

BEATRICE (*calmamente, olhando para Robert*) — Não, ele já saiu. Foi pôr umas cartas no correio.

ROBERT (*de modo descontraído*) — Oh, não faz mal. Vou esperar, se ele só foi até o correio.

ARCHIE — Mas a mamãe está chegando. (*Olhando pela janela.*) Olha ela aí!

Archie sai correndo pela porta da esquerda. Baatrice caminha lentamente até a escrivaninha. Robert permanece em pé. Um breve silêncio. Archie e Bertha entram pela porta à esquerda.

Bertha é uma mulher jovem de figura graciosa. Tem olhos cinzento-escuros, expressão resignada e feições delicadas. Comporta-se de modo cordial e com segurança. Usa um vestido de algodão cor de alfazema e as luvas creme atadas ao cabo da sombrinha.

BERTHA (*estendendo a mão*) — Boa tarde, senhorita Justice. Achamos que ainda estava em Youghal.

BEATRICE (*apertando-lhe a mão*) — Boa tarde, senhora Rowan.

BERTHA (*baixa a cabeça em cumprimento*) — Boa tarde, senhor Hand.

ROBERT (*baixando a cabeça em cumprimento*) — Boa tarde, *signora*! Imagine, só fiquei sabendo que ela havia voltado quando a encontrei aqui.

BERTHA (*dirigindo-se aos dois*) — Vocês não vieram juntos?

BEATRICE — Não. Eu cheguei primeiro. O senhor Rowan estava de saída. Ele disse que a senhora já devia estar voltando.

BERTHA — Lamento. Se você tivesse escrito ou mandado um recado através da menina de manhã...

BEATRICE (*com um riso nervoso*) — Cheguei só a uma hora e meia. Pensei em mandar um telegrama, mas isso me pareceu trágico demais.

BERTHA — Ah. Só chegou agora?

ROBERT (*estendendo os braços brandamente*) — Eu me retiro da vida pública e privada. Sou primo-irmão dela e jornalista, mesmo assim não sei nada dos movimentos dela.

BEATRICE (*sem se dirigir diretamente a ele*) — Os meus movimentos não são lá muito interessantes.

ROBERT (*no mesmo tom*) — Os movimentos de uma dama são sempre interessantes.

BERTHA — Mas sente-se, por favor. Deve estar cansadíssima.

BEATRICE (*de pronto*) — Não, de jeito nenhum. Vim mesmo pra dar aula pro Archie.

BERTHA — Nem quero ouvir falar disso, senhorita Justice. Depois da sua viagem longa.

ARCHIE (*repentinamente, para Beatrice*) — E além disso você não trouxe as partituras.

BEATRICE (*um tanto confusa*) — Isso eu esqueci. Mas nós temos a velha canção.

ROBERT (*dando um puxãozinho de orelha em Archie*) — Seu malandrinho. Você quer é fugir da aula.

BERTHA — Oh, esqueça a aula. Você tem é que se sentar e tomar uma xícara de chá. (*Dirigindo-se à porta da direita.*) Vou chamar Brigid.

ARCHIE — Eu vou, mamãe. (*Faz menção de ir.*)

BEATRICE — Não, por favor, senhora Rowan. Archie! Eu realmente preferia...

ROBERT (*com serenidade*) — Proponho um acordo. Que seja uma meia aula.

BERTHA — Mas ela deve estar exausta.

BEATRICE (*com presteza*) — De modo nenhum. Eu já estava pensando na lição no trem.

ROBERT (*a Bertha*) — Vê o que é ter consciência profissional, senhora Rowan?

ARCHIE — Na minha lição, senhorita Justice?

BEATRICE (*singela*) — Faz dez dias que eu não ouço o som de um piano.

BERTHA — Oh, muito bem. Se é por isso...

ROBERT (*com nervosismo, mas de maneira vivaz*) — Então, vamos ouvir o som do piano de qualquer jeito. Sei o que Beatty está ouvindo neste momento. (*Para Beatrice.*) Posso dizer o que é?

BEATRICE — Se você souber...

ROBERT — O som do órgão na sala do pai dela. (*Para Beatrice.*) Confesse.

BEATRICE (*sorrindo*) — Sim. É como se eu o ouvisse.

ROBERT (*com seriedade*) — E eu também. A voz asmática do protestantismo.

BERTHA — E não se divertiu por lá, senhorita Justice?

ROBERT (*intervém*) — Não se divertiu, senhora Rowan. Ela vai pra lá em retiro, quando a veia protestante fala mais alto — trevas, seriedade, retidão.

BEATRICE — Vou ver o meu pai.

ROBERT (*prosseguindo*) — Mas volta pra junto da minha mãe. Percebe? A influência do piano vem da nossa família.

BERTHA (*hesitando*) — Bem, senhorita Justice, se quiser tocar alguma coisa... Mas, por favor, não se canse por causa do Archie.

ROBERT (*com suavidade*) — Vamos, Beatty. É o que você quer.

BEATRICE — Archie vai me acompanhar?

ARCHIE (*dando de ombros*) — Ouvindo.

BEATRICE (*pega-o pela mão*) — E uma aulinha também. Bem curta.

BERTHA — Bom, só se depois você ficar para o chá.

BEATRICE (*a Archie*) —Venha.

Beatrice e Archie saem juntos pela porta à esquerda. Bertha se dirige à escrivaninha, tira o chapéu e o depõe com a sombrinha sobre ela. A seguir, tira uma chave de dentro de um pequeno vaso de flores, abre uma gaveta da escrivaninha, pega um pedaço de papel e fecha de novo a gaveta. Robert a fica observando.

BERTHA (*aproximando-se dele com o papel na mão*) — Você pôs isto na minha mão ontem à noite. O que significa?

ROBERT — Não sabe?

BERTHA (*lê*) — "Há uma palavra que nunca tive coragem de lhe dizer." Qual é a palavra?

ROBERT — Que tenho uma profunda afeição por você.

Uma pausa curta. Ouve-se o piano soando debilmente no andar de cima.

ROBERT (*apanha o buquê de rosas da cadeira*) — Eu as trouxe pra você. Aceita?

BERTHA (*recebendo-as*) — Obrigada. (*Ela as depõe sobre a mesa e desdobra o papel de novo.*) Mas por que não teve coragem de dizer isso ontem à noite?

ROBERT — Não pude lhe falar nem seguir você. Havia gente demais no jardim. Eu queria que você refletisse e por isso pus o papel na sua mão quando você estava indo.

BERTHA — Agora você teve coragem de dizer.

ROBERT (*passa lentamente a mão pelos olhos*) — Você passou. Tinha uma luz fosca na alameda escura. Eu via a massa verde e escura das árvores. E você foi além delas. Você era como a lua.

BERTHA (*ri*) — Por que como a lua?

ROBERT — Com aquele vestido, seu corpo esbelto, andando com passinhos iguais. Vi a lua irrompendo na penumbra, até que você passou e a perdi de vista.

BERTHA — Você pensou em mim ontem à noite?

ROBERT (*aproxima-se*) — Sempre penso em você — como algo belo e distante — a lua ou alguma música profunda.

BERTHA (*sorrindo*) — E ontem à noite, qual delas eu era?

ROBERT — Fiquei acordado metade da noite. Eu podia ouvir a sua voz. Eu podia ver seu rosto no escuro. Seus olhos... Quero lhe falar. Vai me ouvir? Posso falar?

BERTHA (*sentando-se*) — Pode.

ROBERT (*sentando-se ao lado dela*) — Está chateada comigo?

BERTHA — Não.

ROBERT — Pensei que estivesse. Você pôs minhas flores de lado tão depressa.

BERTHA (*pega-as da mesa e as aproxima do rosto*) — É isto o que você quer que eu faça com elas?

ROBERT (*observando-a*) — Seu rosto é uma flor também — mas mais bonita. Uma flor silvestre desabrochando na sebe. (*Pondo sua cadeira mais perto dela.*) Do quê está rindo? Das minhas palavras?

BERTHA (*depondo as flores no colo*) — Estou me perguntando se é isso o que você diz... para as outras.

ROBERT (*surpreso*) — Que outras?

BERTHA — As outras mulheres. Ouvi falar que você tem muitas admiradoras.

ROBERT (*involuntariamente*) — E é por isso que você também...?

BERTHA — Mas você tem, não tem?

ROBERT — Amigas, sim.

BERTHA — E fala com elas do mesmo jeito?

ROBERT (*em tom de quem se sente ofendido*) — Como é que você pode me perguntar isso? Que tipo de pessoa você acha que eu sou? Ou então, por que você me dá ouvidos? Não gostou que eu lhe falasse dessa maneira?

BERTHA — O que você me disse foi muito gentil. (*Olha para ele por um momento.*) Obrigada por dizer isso — e por pensar nisso.

ROBERT (*inclinando-se*) — Bertha!

BERTHA — O quê?

ROBERT — Tenho o direito de chamá-la pelo seu nome. Nos velhos tempos... nove anos atrás. Naquela época, nós éramos Bertha... e Robert. Não podemos ser assim agora?

BERTHA (*com prontidão*) — Oh, sim. Por que não?

ROBERT — Bertha, você sabia. Na mesma noite em que desembarcou no cais de Kingstown. Então tudo renasceu em mim. E você sabia disso. Você viu isso.

BERTHA — Não. Não naquela noite.

ROBERT — Quando?

BERTHA — Na noite em que chegamos, eu me sentia muito cansada e suja. (*Com um gesto negativo da cabeça.*) Não percebi isso em você naquele noite.

ROBERT (*sorrindo*) — Me diga o que percebeu naquela noite... sua primeira impressão realmente.

BERTHA (*franzindo as sobrancelhas*) — Você estava de pé, com as costas voltadas para a passagem, conversando com duas senhoras.

ROBERT — Com duas senhoras vulgares de meia-idade, sim.

BERTHA — Eu o reconheci imediatamente. E vi que você tinha engordado.

ROBERT (*segura-lhe a mão*) — E este pobre gordo, aqui — desagrada tanto a você? Duvida de tudo o que ele diz?

BERTHA — Acho que os homens falam assim com todas as mulheres de quem eles gostam ou admiram. Em que mais você quer que eu acredite?

ROBERT — Todos os homens, Bertha?

BERTHA (*com súbita tristeza*) — Acho que sim.

ROBERT — Eu também?

BERTHA — Também, Robert. Acho que você também.

ROBERT — Então todos, sem exceção? Ou há uma exceção? (*Num tom de voz mais baixo.*) E ele — Richard — ele também é como nós, pelo menos nesse aspecto, ou é diferente?

BERTHA (*olha-o nos olhos*) — Diferente.

ROBERT — Tem certeza, Bertha?

BERTHA (*um tanto confusa, tenta soltar a mão*) — Já respondi.

ROBERT (*com ternura*) — Bertha, posso beijar sua mão? Me permita. Posso?

BERTHA — Se quiser.

Ele levanta-lhe a mão lentamente até os lábios. Ela se ergue de repente e escuta.

BERTHA — Foi o portão do jardim?

ROBERT (*levantando-se também*) — Não.

Uma pausa curta. Pode-se ouvir o som débil do piano vindo do andar de cima.

ROBERT (*em tom de súplica*) — Não vá embora. Você nunca mais deve ir embora. Sua vida é aqui. Vim hoje também pra isto — pra falar com ele. Pressioná-lo a aceitar essa situação. Ele tem que aceitar. E você tem que convencê-lo. Você exerce uma grande influência sobre ele.

BERTHA — Você quer que ele continue aqui.

ROBERT — Sim.

BERTHA — Por quê?

ROBERT — Para o seu próprio bem, porque você é infeliz longe daqui. Para o bem dele também, porque ele devia pensar no seu próprio futuro.

BERTHA (*rindo*) — Você se lembra do que ele disse quando você falou com ele ontem à noite?

ROBERT — Sobre...? (*Refletindo.*) Me lembro. Ele citou o Pai-Nosso a respeito do pão nosso de cada dia. Disse que se preocupar com o futuro é destruir a esperança e o amor do mundo.

BERTHA — Você não acha que ele é estranho?

ROBERT — Nisso, sim.

BERTHA — Um pouco... maluco?

ROBERT (*aproximando-se*) — Não, não é. Talvez nós é que sejamos. Por que é que você...?

BERTHA (*ri*) — Eu lhe perguntei porque você é inteligente.

ROBERT — Você não deve ir embora. Eu não vou deixar.

BERTHA (*olhando-o bem no rosto*) — Você?

ROBERT — Esses olhos não devem ir embora. (*Toma-lhe as mãos.*) Posso beijar os seus olhos?

BERTHA — Pode.

Ele lhe beija os olhos e então lhe acaricia o cabelo.

ROBERT — Pequena Bertha!

BERTHA (*sorrindo*) — Mas eu não sou tão pequena. Por que diz que eu sou pequena?

ROBERT — Pequena Bertha! Um abraço? (*Passa-lhe o braço em torno dos ombros.*) Me olhe de novo bem dentro dos olhos.

BERTHA (*olha*) — Estou vendo pontinhos dourados. São tantos.

ROBERT (*encantado*) — Sua voz! Me dê um beijo, um beijo dos seus lábios.

BERTHA — Tome-o.

ROBERT — Tenho medo. (*Ele lhe beija a boca e lhe acaricia várias vezes o cabelo.*) Finalmente! Finalmente tenho você nos meus braços!

BERTHA — E está satisfeito?

ROBERT — Me deixe sentir sua boca contra a minha.

BERTHA — E aí vai ficar satisfeito?

ROBERT (*murmura*) — Seus lábios, Bertha!

BERTHA (*fecha os olhos e o beija rapidamente*) — Pronto. (*Põe as mãos sobre os ombros dele.*) Por que não diz "obrigado"?

ROBERT (*suspira*) — Minha vida acabou... Totalmente.

BERTHA — Não fale assim, Robert.

ROBERT — Acabou, acabou. Quero acabar com ela e liquidar com isso.

BERTHA (*preocupada, mas com vivacidade*) — Mas que bobo!

ROBERT (*puxando-a para si*) —Acabar com tudo... morrer. Me lançar de um precipício, direto no mar.

BERTHA — Por favor, Robert...

ROBERT — Ouvindo música e nos braços da mulher que eu amo... o mar, a música e a morte.

BERTHA (*olha-o por um instante*) — A mulher que você ama?

ROBERT (*precipitadamente*) — Quero lhe falar, Bertha... a sós. Não aqui. Você vem?

BERTHA (*com os olhos voltados para baixo*) — Eu também quero falar com você.

ROBERT (*com ternura*) — Sim, querida, eu sei. (*Ele a beija novamente.*) Vou falar com você, vou contar-lhe tudo. Então vou beijá-la, beijá-la longamente, quando você vier até mim, vou dar-lhe longos e ternos beijos.

BERTHA — Onde?

ROBERT (*em tom apaixonado*) — Nos olhos. Nos lábios. Em todo o seu corpo divino.

BERTHA (*repelindo o abraço dele, confusa*) — Perguntei para *onde* você quer que eu vá.

ROBERT — Para minha casa. Não lá na casa da minha mãe. Vou escrever o endereço pra você. Você irá?

BERTHA — Quando?

ROBERT — Hoje à noite. Entre oito e nove horas. Venha. Vou esperar você esta noite. E todas as noites. Você irá?

Beija-a com paixão, segurando-lhe a cabeça entre as mãos. Depois de alguns instantes, ela se esquiva dele. Ele se senta.

BERTHA (*escutando*) — Abriram o portão.

ROBERT (*veemente*) — Vou esperar você.

Ele pega o bilhete da mesa. Bertha se afasta lentamente. Richard entra, vindo do jardim.

RICHARD (*enquanto avança, tira o chapéu*) — Boa tarde!

ROBERT (*levanta-se com cordialidade e nervosismo*) — Boa tarde, Richard!

BERTHA (*à mesa, pegando as rosas*) — Veja que rosas lindas o senhor Hand me trouxe.

ROBERT — Só lamento que elas estejam abertas demais.

RICHARD (*de repente*) — Me perdoem um momento, sim?

Ele dá meia-volta e entra no escritório rapidamente. Robert tira um lápis do bolso e escreve algumas palavras no bilhete; a seguir, entrega-o depressa para Bertha.

ROBERT (*rapidamente*) — O endereço. Tome o bonde em Lansdowne Road e peça para parar no ponto mais próximo.

BERTHA (*guarda o papel*) — Não prometo nada.

ROBERT — Vou esperar.

Richard volta do escritório.

BERTHA (*saindo*) — Tenho que pôr estas rosas na água.

RICHARD (*entregando-lhe o chapéu*) — Sim, vá. E por favor ponha meu chapéu no cabide.

BERTHA (*ela o pega*) — Então vou deixá-los a sós pra vocês poderem conversar. (*Olhando ao redor.*) Precisam de algo? Cigarros?

RICHARD — Obrigado. Temos aqui.

BERTHA — Então posso ir.

Ela sai pela esquerda, levando o chapéu de Richard, que ela deixa no vestíbulo, e volta imediatamente; ela pára por um instante diante da escrivaninha, coloca de novo o bilhete na gaveta, fecha-a, repõe a chave e, tomando das rosas, dirige-se para a direita. Robert precede-a para lhe abrir a porta. Ela se curva em reverência e sai.

RICHARD (*aponta para a cadeira junto da mesinha à direita*) — O seu lugar de honra.

ROBERT (*senta-se*) — Obrigado. (*Passa a mão pela testa.*) Meu Deus, como está quente hoje! O calor me faz mal para os olhos. A claridade.

RICHARD — A sala está bastante escura, acho, com a persiana abaixada, mas se você quiser...

ROBERT (*depressa*) — Não, por favor. Eu sei o que é... Conseqüência de trabalhar à noite.

RICHARD (*senta-se no sofá*) — E você precisa?

ROBERT (*suspira*) — Ah, sim. Tenho de revisar uma parte do jornal todas as noites. E depois os meus editoriais. Estamos chegando a um momento difícil. E não só aqui.

RICHARD (*depois de uma breve pausa*) — Algo de novo?

ROBERT (*num tom de voz diferente*) — Sim. Quero lhe falar seriamente. Hoje pode ser um dia importante pra você — ou melhor, uma noite importante. Vi o reitor esta manhã. Ele tem você na mais alta conta, Richard. Disse que leu o seu livro.

RICHARD — Ele o comprou ou pediu emprestado?

ROBERT — Comprou, espero.

RICHARD — Vou fumar um cigarro em honra disso. Trinta e sete exemplares foram vendidos em Dublin.

Ele tira um cigarro da caixa que está sobre a mesa e o acende.

ROBERT (*suave e esperançosamente*) — Bom, o assunto está encerrado por enquanto. Você botou hoje a sua máscara de ferro.

RICHARD (*fumando*) — Me conte o resto.

ROBERT (*de novo com seriedade*) — Richard, você é desconfiado demais. Isso é um defeito em você. Ele me garantiu que tinha a melhor opinião possível de você... como todo mundo. Disse que você é o homem ideal para o cargo. Na verdade ele me disse que, se o seu nome for cogitado, ele vai apoiá-lo com todas as suas forças junto ao conselho da universidade, e eu... farei a minha parte, é claro. No jornal e entre as minhas relações. Considero isso como um dever público. A cadeira de literatura românica é sua por direito — como erudito, como personalidade literária.

RICHARD — E as condições?

ROBERT — Condições? Quer dizer, sobre o futuro?

RICHARD — Me refiro ao passado.

ROBERT (*sem conferir gravidade ao que diz*) — Esse episódio do seu passado já está esquecido. Foi um gesto de impulso. Somos todos impulsivos.

RICHARD (*olha-o fixamente*) — Mas na época — há nove anos — você chamou aquilo de ato de loucura. Me disse que eu estava passando uma corda pelo meu pescoço.

ROBERT — Eu estava errado. (*Suavemente.*) É assim que as coisas estão, Richard: todo mundo sabe que você fugiu oito anos atrás com uma moça... Como posso dizer?... Com uma moça que não era exatamente do seu nível. (*Com amabilidade.*) Me perdoe, Richard, essa não é a minha opinião, nem são minhas as palavras. Só estou repetindo as palavras das pessoas de cuja opinião não partilho.

RICHARD — Em suma, como se escrevesse um dos seus editoriais.

ROBERT — Como quiser. Bem, aquilo causou uma grande sensação na época. Um desaparecimento misterioso. Meu nome também foi envolvido nesse acontecimento, digamos, memorável, como eu tendo sido... o padrinho. É claro que eles pensam que eu agi em função de um sentido equivocado de amizade. Bem, nós sabemos de tudo isso. (*Com certa hesitação.*) Mas o que ocorreu depois ninguém sabe.

RICHARD — Não?

ROBERT — É claro, é assunto seu, Richard. Mas você já não é tão jovem como na época. A frase está bem no estilo dos meus editoriais, não está?

RICHARD — É ou não necessário que eu renegue a minha vida passada?

ROBERT — Estou pensando na sua vida futura... aqui. Entendo o seu orgulho e o sentido que você tem da liberdade. Também entendo o seu ponto de vista. Mas há uma saída. E ela é simplesmente esta: se abstenha de desmentir qualquer boato que você possa ouvir sobre o que aconteceu... ou deixou de acontecer... depois que você foi embora. Deixe o resto por minha conta.

RICHARD — Você vai fazer esses boatos circularem?

ROBERT — Vou. Que Deus me ajude.

RICHARD (*observando-o*) — Em respeito às convenções sociais?

ROBERT — Em respeito a algo mais, também: nossa amizade, nossa amizade de toda uma vida.

RICHARD — Obrigado.

ROBERT (*ligeiramente melindrado*) — E vou lhe dizer toda a verdade.

RICHARD (*sorri e se inclina*) — Sim. Por favor.

ROBERT — Não apenas por você. Também pela sua... companheira atual na sua vida.

RICHARD — Compreendo.

Amassa o cigarro delicadamente no cinzeiro e depois se inclina, friccionando as mãos lentamente.

RICHARD — Por que por ela?

ROBERT (*também se inclina, com tranqüilidade*) — Richard, você foi completamente justo com ela? Você vai dizer que foi uma escolha livre que ela fez. Mas será que ela estava realmente livre pra escolher? Ela era só uma menina. Aceitou tudo o que você propôs.

RICHARD (*sorri*) — Essa é a sua maneira de dizer que ela propôs o que eu não ia aceitar.

ROBERT (*assente*) — Eu lembro. E ela fugiu com você. Mas será que foi livre-arbítrio dela? Me responda francamente.

RICHARD (*volta-se para ele, com calma*) — Apostei nela contra tudo o você diz ou possa dizer: e ganhei.

ROBERT (*assentindo de novo*) — É, ganhou.

RICHARD (*levanta-se*) — Me desculpe o esquecimento. Aceita um uísque?

ROBERT — Tudo vem para quem espera.

Richard dirige-se ao bufê e volta trazendo uma bandejinha com uma garrafa e copos até à mesa, onde a depõe.

RICHARD (*senta-se novamente, recostando-se no sofá*) — Quer se servir?

ROBERT (*servindo-se*) — E você? Firme? (*Richard sacode a cabeça.*) Meu Deus! Quando eu penso naquelas noitadas há muito tempo... conversas intermináveis, projetos, nossas festas, nossas orgias...

RICHARD — Na nossa casa.

ROBERT — Minha, agora. Eu a tenho conservado, embora eu não vá lá com muita freqüência. Me diga quando quiser ir. Tem que vir uma noite dessas. Vão ser outra vez os velhos tempos. (*Ergue o copo e bebe.*) *Prosit*!

RICHARD — Não era só uma casa pra divertimento. Era pra ser o lar de uma vida nova. (*Refletindo.*) E foi no seu nome que cometemos todos os nossos pecados.

ROBERT — Pecados! Bebedeira e blasfêmia (*aponta para si próprio*) pra mim. E bebedeira e heresia, o que é muito pior (*aponta para Richard*), pra você. É a esses pecados que você se refere?

RICHARD — E a alguns outros.

ROBERT (*de maneira jovial, intranqüilo*) — Quer dizer as mulheres. Não sinto nenhum remorso. Talvez você sinta. Nós tínhamos duas chaves nessas ocasiões. (*Maliciosamente.*) Você ainda tem?

RICHARD (*irritado*) — Pra você isso era perfeitamente natural?

ROBERT — Pra mim é bem natural beijar uma mulher de quem eu goste. Por que não? Ela é bela bonita para mim.

RICHARD (*brincando com a almofada do sofá*) — Você beija tudo o que lhe parece belo?

ROBERT — Tudo... se puder ser beijado. (*Pega um seixo polido que está sobre a mesa.*) Esta pedra, por exemplo. É tão fria, tão polida, tão delicada... como a têmpora de uma mulher. É silenciosa. Suporta a nossa paixão: e é bela. (*Aperta o seixo contra os lábios.*) E por isso eu a beijo, porque é bela. E o que é uma mulher? Uma obra da natureza, também, como uma pedra, ou uma flor, ou um pássaro. O beijo é um gesto de homenagem.

RICHARD — É um gesto de união entre homem e mulher. Mesmo que muitas vezes nós sejamos levados ao desejo por causa do sentido de beleza, você pode dizer que o belo é o que desejamos?

ROBERT (*preme a pedra contra a testa*) — Você vai me dar uma dor de cabeça se me fizer pensar hoje. Hoje não posso pensar. Me sinto natural demais, comum demais. Além disso, o que é que mais nos atrai, até mesmo na mulher mais bela?

RICHARD — O quê?

ROBERT — Não as qualidades que ela tem e que outras mulheres não têm, mas as qualidades que ela tem em comum com as outras. Eu me refiro... ao mais comum. (*Virando a pedra, ele pressiona o outro lado dela contra a testa.*) Quero dizer como o corpo dela gera calor quando é pressionado, o movimento do seu sangue, a velocidade com que ela transforma por meio da digestão o que ela ingere... o que não tem nome. (*Rindo.*) Hoje estou muito comum. Já pensou nisso alguma vez?

RICHARD (*secamente*) — Um homem que viveu nove anos com uma mulher pensa em muitas coisas.

ROBERT — É. Imagino que pense... Essa pedra bela e fria me faz bem. É um peso de papel ou remédio pra dor de cabeça?

RICHARD — Bertha a trouxe uma vez da praia. Ela também a acha bonita.

ROBERT (*depõe a pedra calmamente*) — Ela tem razão.

Ergue o copo e bebe. Pausa.

RICHARD — Isso é tudo o que você queria me dizer?

ROBERT (*rapidamente*) — Tem mais outra coisa. Por meu intermédio, o reitor lhe enviou um convite para um jantar na casa dele esta noite. Você sabe onde ele vive? (*Richard assente com a cabeça.*) Pensei que você tinha se esquecido. Estritamente particular, é claro. Ele quer rever você e lhe mandou um convite cordial.

RICHARD — A que horas?

ROBERT — Às oito. Só que ele, no que diz respeito a horário, é tão despreocupado quanto você. Ora, Richard, você tem que ir. Isso é tudo. Tenho a impressão de que esta noite será um momento decisivo na sua vida. Você viverá aqui, trabalhará aqui, pensará aqui e será respeitado aqui, entre a sua gente.

RICHARD (*sorrindo*) — Estou quase vendo dois emissários partindo para os Estados Unidos pra arrecadar fundos pra minha estátua daqui a cem anos.

ROBERT (*em tom de anuência*) — Uma vez fiz um pequeno epigrama sobre estátuas. Todas elas são de dois tipos. (*Ele cruza os braços sobre o peito.*) A estátua que diz: *Como é que eu vou descer daqui*? E o outro tipo. (*Ele descruza os braços, e estende o direito, desviando a cabeça.*) A estátua que diz: *No meu tempo o monte de estrume chegava até aqui.*

RICHARD — Fico com o segundo, por favor.

ROBERT (*indolentemente*) — Vai me dar um daqueles enormes charutos seus?

Richard escolhe um charuto de Virgínia da caixa sobre a mesa e o entrega a ele já sem a palha.

ROBERT (*acendendo-o*) — Esses charutos me europeízam. Se a Irlanda quer-se tornar uma nova Irlanda ela deve primeiro se tornar européia. E você está aqui para isso, Richard. Um dia nós vamos ter que escolher entre a Inglaterra e a Europa. Sou descendente de estrangeiros morenos. Por isso é que gosto de estar aqui. Posso estar sendo infantil, mas em que outro lugar de Dublin eu posso arranjar um charuto de bandido como este ou uma xícara de café preto? O homem que bebe café preto vai conquistar a Irlanda. E agora vou tomar meia dose daquele uísque, Richard, pra lhe mostrar que não há nenhum rancor.

RICHARD (*apontando a garrafa*) — Sirva-se.

ROBERT (*servindo-se*) — Obrigado. (*Ele bebe e prossegue como antes.*) E depois de tudo você mesmo, a maneira como você se estende nesse sofá. E depois a voz do seu filho e também... da própria Bertha. Você permite que eu a chame assim, Richard? Eu, que sou um velho amigo de vocês dois.

RICHARD — Oh, por que não?

ROBERT (*animando-se*) — Você tem aquela indignação feroz que dilacerava o coração de Swift. Você caiu de um mundo superior, Richard, e você se enche de indignação feroz quando percebe que a vida é covarde e ignóbil. Enquanto eu... quer que eu lhe diga?

RICHARD — Sem dúvida.

ROBERT (*maliciosamente*) — Vim de um mundo inferior e fico espantado quando descubro que as pessoas têm alguma virtude que as redime.

RICHARD (*senta-se de repente e apóia os cotovelos sobre a mesa*) — Então você é meu amigo?

ROBERT (*com gravidade*) — Lutei por você todo o tempo em que esteve fora. Lutei para fazer você voltar. Lutei para guardar o seu lugar aqui. Ainda vou lutar por você porque tenho fé em você, a fé que o discípulo tem no seu mestre. Só posso dizer isso. Pode lhe parecer estranho... Me dê um fósforo.

RICHARD (*acende o fósforo e o oferece*) — Há ainda uma fé mais estranha do que a fé que o discípulo tem no seu mestre.

ROBERT — E qual é?

RICHARD — A fé que um mestre tem no discípulo que vai traí-lo.

ROBERT — A Igreja perdeu um teólogo em você, Richard. Mas eu acho que você encara a vida de maneira profunda demais. (*Levanta-se, apertando levemente o braço de Richard.*) Seja alegre. A vida não vale a pena.

RICHARD (*sem se levantar*) — Vai embora?

ROBERT — Preciso. (*Dá meia-volta e diz em tom amigável.*) Então, está tudo certo. Nos encontramos à noite na casa do reitor. Vou passar lá por volta das dez. Assim vocês vão poder ter mais ou menos uma hora a sós. Não vá embora enquanto eu não chegar.

RICHARD — Combinado.

ROBERT — Mais um fósforo e tudo certo.

Richard risca outro fósforo, entrega-o a Robert e também se levanta. Archie entra pela porta da esquerda, seguido de Beatrice.

ROBERT — Me dê parabéns, Beatty. Consegui convencer Richard.

ARCHIE (*atravessando a sala em direção à porta da direita, chama*) — Mamãe, a senhorita Justice está indo.

ROBERT — E o senhor Hand também.

BEATRICE — Por que é que eu devo lhe dar os parabéns?

ROBERT — Pela minha vitória, é claro. (*Toca de leve o ombro de Richard.*) O descendente de Archibald Hamilton Rowan voltou para casa.

RICHARD — Não sou descendente de Hamilton Rowan.

ROBERT — Que importa?

Bertha entra, vindo da direita, com um vaso de rosas.

BEATRICE — O senhor Rowan já...?

ROBERT (*voltando-se para Bertha*) — Richard vai esta noite ao jantar na casa do reitor. Vão comer o bezerro gordo — assado, eu espero. E na próxima sessão vamos ver o descendente de um homônimo de *et cetera*, *et cetera* ocupar uma cadeira na universidade. (*Estende-lhe a mão.*) Boa tarde, Richard. Nos vemos à noite.

RICHARD (*toca-lhe a mão*) — Em Filippo.

BEATRICE (*aperta-lhe a mão também*) — Desejo-lhe toda a felicidade, senhor Rowan.

RICHARD — Obrigado. Mas não acreditem nele.

ROBERT (*com vivacidade*) — Acreditem em mim, acreditem. (*Para Bertha.*) Boa tarde, senhora Rowan.

BERTHA (*apertando-lhe a mão, com franqueza*) — Também lhe agradeço. (*Para Beatrice.*) Não vai ficar para o chá, senhorita Justice?

BEATRICE — Não, obrigada. (*Despede-se dela.*) Tenho de ir. Boa tarde. Até logo, Archie. (*Saindo.*)

ROBERT — *Addio*, Archibald.

ARCHIE — *Addio.*

ROBERT — Beatty, espere. Vou acompanhá-la.

BEATRICE (*saindo pela esquerda com Bertha*) — Oh, não se incomode.

ROBERT (*seguindo-a*) — Mas eu insisto. Como primo.

Bertha, Beatrice e Robert saem pela porta da esquerda. Richard, indeciso, fica perto da mesa. Archie fecha a porta que dá para o vestíbulo e, aproximando-se dele, puxa-o pela manga.

ARCHIE — Ei, papai.

RICHARD (*absorvido*) — O que é?

ARCHIE — Quero perguntar uma coisa.

RICHARD (*sentando-se na beira do sofá, olha fixamente à frente*) — O que é?

ARCHIE — Pede pra mamãe deixar eu sair com o leiteiro de manhã?

RICHARD — Com o leiteiro?

ARCHIE — É. Na carroça do leiteiro. Ele disse que vai deixar eu guiar quando a gente estiver numa estrada onde não tiver gente. O cavalo é mansinho. Posso ir?

RICHARD — Pode.

ARCHIE — Pede pra mamãe agora pra eu ir. Vai pedir?

RICHARD (*lança um olhar à porta*) — Vou.

ARCHIE — Ele disse que vai me mostrar as vacas que ele tem no campo. Sabe quantas vacas ele tem?

RICHARD — Quantas?

ARCHIE — Onze. Oito pardas e três brancas. Mas uma agora está doente. Não, não doente. Ela caiu.

RICHARD — Vacas?

ARCHIE (*com um gesto*) — É! Não bois. Porque os bois não dão leite. Onze vacas. Elas têm que dar muito leite. O que é que faz uma vaca dar leite?

RICHARD (*pega-lhe a mão*) — Quem sabe? Você entende o que é dar uma coisa?

ARCHIE — Dar? Entendo.

RICHARD — Quando você tem uma coisa, ela pode ser tirada de você.

ARCHIE — Pelos ladrões? É?

RICHARD — Mas quando você dá essa coisa, você deu. Nenhum ladrão pode arrancá-la de você. (*Ele inclina a cabeça e aperta a mão do filho contra a face.*) Ela é sua para sempre, quando você a deu. Vai ser sempre sua. Isso é que é dar.

ARCHIE — Mas, papai...?

RICHARD — O quê?

ARCHIE — Como é que um ladrão pode roubar uma vaca? Todo o mundo ia ver ele. Só se fosse de noite.

RICHARD — É. De noite.

ARCHIE — Aqui tem ladrões como em Roma?

RICHARD — Há pobres em todos os lugares.

ARCHIE — Eles têm revólveres?

RICHARD — Não.

ARCHIE — Facas? Eles têm facas?

RICHARD (*com ar severo*) — Têm, têm. Facas e revólveres.

ARCHIE (*desvencilhando-se*) — Pede pra mamãe agora. Ela está vindo.

RICHARD (*faz menção de se levantar*) — Vou pedir.

ARCHIE — Não, senta aqui, papai. Espera e pede pra ela quando ela chegar. Não quero ficar aqui. Vou ficar no jardim.

RICHARD (*recostando-se de novo*) — É. Vá.

ARCHIE (*dá-lhe rapidamente um beijo*) — Obrigado.

Ele sai às carreiras pela porta do fundo, que dá para o jardim. Bertha entra pela porta da esquerda. Ela se aproxima da mesa e ali permanece, acariciando as pétalas das rosas, olhando para Richard.

RICHARD (*observando-a*) — E então?

BERTHA (*alheia*) — Então. Ele disse que gosta de mim.

RICHARD (*apóia o queixo sobre a palma da mão*) — Mostrou pra ele o bilhete que ele escreveu?

BERTHA — Mostrei. E perguntei o que significava.

RICHARD — E o que ele respondeu?

BERTHA — Disse que eu devia saber. Eu disse que eu não tinha a menor idéia. Então ele falou que gostava muito de mim. Que eu era bela... coi-sas assim.

RICHARD — Desde quando?

BERTHA (*novamente alheia*) — Desde quando o quê?

RICHARD — Desde quando ele disse que gostava de você?

BERTHA — Desde sempre, ele disse. Só que mais desde que nós voltamos. Ele disse que eu era como a lua usando este vestido cor de alfazema. (*Olhando para ele.*) Você conversou alguma coisa com ele... a meu respeito?

RICHARD (*brandamente*) — O de sempre. Não sobre você.

BERTHA — Ele estava muito nervoso. Você reparou?

RICHARD — Reparei. O que mais aconteceu?

BERTHA — Ele me pediu pra eu lhe dar a mão.

RICHARD (*sorrindo*) — Em casamento?

BERTHA (*sorrindo*) — Não, só pra segurar.

RICHARD — Você deu?

BERTHA — Dei. (*Arrancando algumas pétalas.*) E aí ele acariciou a minha mão e me perguntou se eu deixaria ele beijá-la. E eu deixei.

RICHARD — E depois?

BERTHA — Depois ele perguntou se podia me abraçar, mesmo que fosse só uma vez... E depois...

RICHARD — E depois?

BERTHA — Ele passou o braço ao redor de mim.

RICHARD (*olha fixamente para o chão por um momento: a seguir olha para ela de novo*) — E depois?

BERTHA — Disse que eu tinha belos olhos. E perguntou se podia beijá-los. (*Com um gesto.*) Eu disse: *Pode.*

RICHARD — E ele beijou?

BERTHA — Beijou. Primeiro um, depois o outro. (*Mudando bruscamente de tom.*) Me diga, Dick: isso perturba você? Porque eu lhe disse que eu não quero isso. Acho que você só está fingindo que não se importa. Que eu não me importo.

RICHARD (*serenamente*) — Eu sei, querida. Só que eu, como você, quero descobrir qual é a intenção dele ou o que ele sente.

BERTHA (*aponta-o*) — Não esqueça que você permitiu que eu fosse adiante. Eu lhe contei tudo desde o início.

RICHARD (*como antes*) — Eu sei, minha querida... E depois?

BERTHA — Ele me pediu um beijo. E eu disse: *Tome-o.*

RICHARD — E depois?

BERTHA (*esmigalhando um punhado de pétalas*) — Ele me beijou.

RICHARD — Na boca?

BERTHA — Uma ou duas vezes.

RICHARD — Beijos longos?

BERTHA — Bem longos. (*Reflete.*) É, da última vez.

RICHARD (*esfrega as mãos lentamente: então*) — Com os lábios? Ou... de outra maneira?

BERTHA — Foi. Da última vez.

RICHARD — E ele pediu que você o beijasse?

BERTHA — Pediu.

RICHARD — Você beijou?

BERTHA (*hesita; depois olhando direto para ele*) — Beijei. Eu o beijei.

RICHARD — De que jeito?

BERTHA (*dando de ombros*) — Oh, do jeito simples.

RICHARD — Ficou excitada?

BERTHA — Bem, você pode imaginar. (*Franzindo a testa de repente.*) Não muito. Ele não tem uma boca bonita... Mas eu estava excitada, é claro. Só que não como eu fico com você, Dick.

RICHARD — E ele, estava?

BERTHA — Excitado? É, acho que estava. Ele suspirava. Estava extremamente nervoso.

RICHARD (*apoiando a fronte sobre a mão*) — Entendo.

BERTHA (*avança até o sofá e se posta perto dele*) — Está com ciúme?

RICHARD (*como antes*) — Não.

BERTHA (*serenamente*) — Está, Dick.

RICHARD — Não estou. Ciumento de quê?

BERTHA — Porque ele me beijou.

RICHARD (*ergue o olhar*) — Isso é tudo?

BERTHA — É, isso é tudo. Exceto que ele me perguntou se eu queria me encontrar com ele.

RICHARD — Em qualquer lugar por aí?

BERTHA — Não. Na casa dele.

RICHARD (*surpreso*) — Lá, com a mãe dele, é?

BERTHA — Não, numa casa que ele tem. Ele tomou nota do endereço pra mim.

Ela vai até a escrivaninha, pega a chave de dentro do vaso de flores, abre a gaveta e volta até ele com o pedaço de papel.

RICHARD (*meio para si próprio*) — Nosso chalé.

BERTHA (*passa-lhe o bilhete*) — Tome.

RICHARD (*o lê*) — É. Nosso chalé.

BERTHA — "Nosso" o quê...?

RICHARD — Não, dele. Sou eu que chamo de nosso. (*Olhando para ela.*) O chalé sobre o qual eu lhe falei tantas vezes. Nós tínhamos duas chaves, eu e ele. Agora é dele. Onde a gente costumava passar nossas noites loucas, conversando, bebendo, fazendo planos... naquela época. Noites loucas; é. Ele e eu juntos. (*Ele atira o papel sobre o sofá e se levanta de repente.*) E às vezes eu sozinho. (*Encara-a.*) Mas não exatamente só. Eu lhe contei. Lembra?

BERTHA (*chocada*) — Nesse lugar?

RICHARD (*afasta-se dela, dando alguns passos, e se detém, pensando, segurando o queixo*) — É.

BERTHA (*pegando o bilhete de novo*) — Onde fica?

RICHARD — Você não sabe?

BERTHA — Ele me disse para tomar o bonde na Lansdowne Road e pedir pro cobrador me avisar quando chegasse lá. É... é um lugar de má fama?

RICHARD — Oh, não, chalés. (*Ele volta para o sofá e se senta.*) O que você respondeu?

BERTHA — Não respondi. Ele disse que ia me esperar.

RICHARD — Esta noite?

BERTHA — Todas as noites. Entre oito e nove horas.

RICHARD — E então, eu devo ir esta noite a um encontro... com o professor. Sobre a nomeação que vou solicitar. (*Olhando para ela.*) Ele marcou a entrevista para esta noite — entre oito e nove horas. Curioso, não? A mesma hora.

BERTHA — Muito.

RICHARD — Ele lhe perguntou se eu suspeitava de alguma coisa?

BERTHA — Não.

RICHARD — Mencionou meu nome?

BERTHA — Não.

RICHARD — Nem uma vez?

BERTHA — Não que eu me lembre.

RICHARD (*levantando-se de um salto*) — Está claro! Muito claro!

BERTHA — O quê?

RICHARD (*com largas passadas de um lado para o outro*) — Mentiroso, ladrão e cretino! Está muito claro! Um ladrão vulgar! Que mais ele poderia ser? (*Com uma risada áspera.*) Meu grande amigo! Também um patriota! Um ladrão — só isso! (*Ele se detém, enfiando as mãos nos bolsos.*) Mas um cretino também!

BERTHA (*olhando para ele*) — O que você vai fazer?

RICHARD (*sucintamente*) — Segui-lo. Encontrá-lo. Falar com ele. (*Calmamente.*) Duas palavras bastam. Ladrão e cretino.

BERTHA (*atira o bilhete no sofá*) — Já entendi tudo!

RICHARD (*voltando-se*) — Ahn?

BERTHA (*de maneira inflamada*) — É obra de um demônio!

RICHARD — Dele?

BERTHA (*voltando-se para ele*) — Não, sua! É obra de um demônio jogar ele contra mim, assim como você tentou jogar o meu próprio filho contra mim. Só que você não conseguiu.

RICHARD — Como? Pelo amor de Deus, o que é que você quer dizer?

BERTHA (*com exaltação*) — É, sim. Eu sei do que estou falando. Todo mundo viu. Sempre que eu tentava corrigi-lo na menor coisa, você vinha com as suas extravagâncias, falando com ele como se ele fosse um homem. Acabando com o pobre do menino, ou tentando. Depois, é claro, eu é que era a mãe cruel, e só você é que o amava. (*Cada vez mais exaltada.*) Mas você não jogou ele contra mim... contra a sua própria mãe. E por quê? Por quê? Porque o menino tem uma índole muito boa.

RICHARD — Eu nunca tentei fazer uma coisa dessas, Bertha. Você sabe que eu não sei ser severo com uma criança.

BERTHA — Porque você nunca amou nem mesmo a sua mãe. Mãe é sempre mãe, não importa de que jeito. Nunca ouvi falar de um ser humano que não amasse a mulher que o trouxe ao mundo. Só você.

RICHARD (*aproximando-se dela, com tranqüilidade*) — Bertha, não diga coisas de que você vai se arrepender. Você não fica contente com o carinho que o meu filho tem por mim?

BERTHA — E quem o ensinou a ser assim? Quem o ensinou a ir correndo ao seu encontro? Quem dizia pra ele que você ia trazer brinquedos quando você saía de casa pra ficar andando por aí na chuva, se esquecendo totalmente dele — e de mim? Fui eu. Eu que o ensinei a amar você.

RICHARD — Sim, meu bem. Sei que foi você.

BERTHA (*quase chorando*) — E agora você tenta jogar todo mundo contra mim. Tudo tem que ser pra você. Eu é que devo parecer fingida e cruel pra todo mundo, menos pra você. Porque você se aproveita da minha simplicidade — como se aproveitou. Da primeira vez.

RICHARD (*com violência*) — E você tem a coragem de dizer isso pra mim!

BERTHA (*enfrentando-o*) — Sim, eu tenho! Naquela época e agora. Porque eu sou simples você pensa que pode fazer comigo o que bem entender. (*Gesticulando.*) Vá atrás dele, agora. Chame-o de tudo quanto é nome. Faça ele ficar humilde na sua frente e faça com que ele me despreze. Vá atrás dele.

RICHARD (*controlando-se*) —Você se esquece de que eu lhe concedi total liberdade — e ainda lhe concedo.

BERTHA (*com desprezo*) — Liberdade!

RICHARD — É. Total. Mas ele tem que saber que eu estou a par. (*Com mais calma.*) Vou falar com ele com toda a tranqüilidade. (*Em tom de súplica.*) Bertha, acredite em mim, minha querida! Não é ciúme. Vocês têm total liberdade pra fazer o que quiserem... você e ele. Mas não dessa forma. Ele não vai desprezar você. Você não quer me enganar, nem fingir que me engana... com ele, quer?

BERTHA — Não, não quero. (*Olha-o bem no rosto.*) Qual de nós dois é que engana?

RICHARD — De nós? Você e eu?

BERTHA (*num tom de calma e de determinação*) — Eu sei por que você me concedeu isso que você chama de total liberdade.

RICHARD — Por quê?

BERTHA — Pra você ter total liberdade com... essa menina.

RICHARD (*irritado*) — Mas, pelo amor de Deus! Você sabia sobre isso há muito tempo. Nunca escondi isso de você.

BERTHA — Escondeu. Achei que era um tipo de amizade entre vocês... até que nós voltamos e eu percebi.

RICHARD — E é só isso, Bertha.

BERTHA (*com um meneio da cabeça*) — Não, não é. É muito mais. E é por isso que você me dá total liberdade. Todas essas coisas que você fica escrevendo à noite. (*Apontando para o escritório.*) Ali... sobre ela. Chama isso de amizade!

RICHARD — Acredite em mim, Bertha querida. Acredite em mim como acredito em você.

BERTHA (*com um gesto impulsivo*) — Meu Deus! Eu sinto! Eu sei! O que mais pode haver entre vocês a não ser amor?

RICHARD (*calmamente*) — Você está tentando meter essa idéia na minha cabeça, mas digo de antemão que não pego minhas idéias dos outros.

BERTHA (*em tom inflamado*) — É sim. É sim! E é por isso que você deixa que ele vá em frente. É claro! Isso não afeta você. Você está apaixonado por ela.

RICHARD — Apaixonado! (*Tira as mãos dos bolsos com um suspiro e se afasta dela.*) Não consigo discutir com você.

BERTHA — Não consegue porque eu tenho razão. (*Seguindo-o com alguns passos.*) O que os outros iam dizer se soubessem?

RICHARD (*volta-se para ela*) — E você acha que eu me importo?

BERTHA — Mas eu me importo. E o que ele diria se soubesse? Você, que fala tanto dos sentimentos elevados que você tem por mim, falando do mesmo jeito com outra mulher! Se fosse ele, ou outros homens, que fizesse isso, eu podia entender, porque eles são todos uns fingidos e mentirosos. Mas você, Dick! Por que, então, você não conta pra ele?

RICHARD — Pode contar, se quiser.

BERTHA — Eu vou fazer isso. Ah, se vou.

RICHARD (*com frieza*) — Ele vai explicar a você.

BERTHA — Ele não diz uma coisa e faz outra. Ele é honesto do jeito dele.

RICHARD (*arranca uma das rosas e a atira aos pés dela*) — É honesto, é claro! A encarnação da honra!

BERTHA — Você pode zombar dele o quanto quiser. Entendo dessas coisas mais do que você pode imaginar. E ele também vai entender. Escrevendo aquelas cartas longas pra ela por anos, e ela pra você! Por anos. Só que, desde que eu voltei, eu entendi... e muito bem.

RICHARD — Não entendeu nada. E ele não entenderia.

BERTHA (*ri com desdém*) — Claro. Nem ele nem eu podemos compreender. Só ela pode. É um sentimento tão profundo!

RICHARD (*com nervosismo*) — Nem ele, nem você... nem ela! Nenhum de vocês!

BERTHA (*com grande amargura*) — Ela, sim! Ela vai compreender! Essa doente!

Ela volta-lhe as costas e se aproxima da mesinha à direita. Richard reprime um gesto súbito. Um breve silêncio.

RICHARD (*com gravidade*) — Bertha, tenha cuidado quando disser palavras como essas!

BERTHA (*voltando-se, de maneira agitada*) — Não desejo a ela nenhum mal. Eu a compreendo mais do que você, porque eu sou uma mulher. Eu a compreendo... sinceramente. Mas o que eu digo é verdade.

RICHARD — E acha que está sendo generosa? Pense.

BERTHA (*apontando para o jardim*) — É ela que não é generosa. Não se esqueça do que eu estou dizendo.

RICHARD — O quê?

BERTHA (*aproxima-se num tom de voz mais calmo*) — Você deu muito de você a essa mulher, Dick. E talvez ela mereça isso. E talvez ela possa entender tudo também. Sei que ela é desse tipo.

RICHARD — Acredita nisso?

BERTHA — Acredito. Mas também acredito que você vai receber dela bem pouco em troca — ou de qualquer mulher desse tipo. Não se esqueça das minhas palavras, Dick. Porque ela não é generosa, nem as outras são. Acha que é mentira tudo o que estou dizendo, acha?

RICHARD (*sombrio*) — Não. Nem tudo.

Ela se abaixa e, pegando a rosa do chão, coloca-a de novo no vaso. Ele a observa. Brigid aparece na porta de dois batentes à direita.

BRIGID — O chá está servido, senhora.

BERTHA — Está bem.

BRIGID — O senhor Archie está no jardim?

BERTHA — Está. Vá chamá-lo.

Brigid atravessa a sala e sai para o jardim. Bertha dirige-se à porta da direita. Pára junto do sofá e pega o bilhete.

BRIGID (*no jardim*) — Senhor Archie! Venha tomar o seu chá.

BERTHA — Eu tenho de ir a esse lugar?

RICHARD — Você quer ir?

BERTHA — Quero descobrir qual é a intenção dele. Devo ir?

RICHARD — Por que está me perguntando? Decida você mesma.

BERTHA — Está me dizendo pra ir?

RICHARD — Não.

BERTHA — Me proíbe de ir?

RICHARD — Não.

BRIGID (*do jardim*) — Venha imediatamente, Archie! Seu chá o espera.

Brigid atravessa a sala e sai pela porta de dois batentes. Bertha dobra o bilhete e o coloca no decote do vestido e se dirige lentamente para a direita. Perto da porta, ela se volta e pára.

BERTHA — Me diga pra não ir, e eu não irei.

RICHARD (*sem olhar para ela*) — Decida você mesma.

BERTHA — Você vai pôr a culpa em mim depois?

RICHARD (*com exaltação*) — Não, não! Não vou culpar você. Você é livre. Não posso culpar você.

Archie aparece à porta do jardim.

BERTHA — Eu não enganei você.

Ela sai pela porta de dois batentes. Richard fica junto da mesa. Quando a mãe já saiu, Archie corre até Richard.

ARCHIE (*rapidamente*) — Então, pediu pra ela?

RICHARD (*voltando a si*) — O quê?

ARCHIE — Posso ir?

RICHARD — Pode.

ARCHIE — Amanhã de manhã? Ela disse que eu podia?

RICHARD — Disse. Amanhã de manhã.

Passa o braço pelos ombros do filho e olha-o com carinho.

SEGUNDO ATO

Uma sala no chalé de Robert Hand em Ranelagh. À direita, à frente, um pequeno piano preto, em cujo atril vê-se uma partitura aberta. Mais atrás uma porta dando para a rua. Na parede do fundo, uma porta de dois batentes, recoberta por cortinas escuras, que dá para um quarto. Junto do piano, uma mesa grande sobre a qual está uma lâmpada a óleo alta com um amplo quebra-luz amarelo. Cadeiras, almofadadas, perto dessa mesa. Uma mesinha de jogo mais adiante. Contra a parede do fundo uma estante. Na parede da esquerda, ao fundo, uma janela com vista sobre o jardim e, à frente, uma porta e um pórtico também dando para o jardim. Poltronas aqui e acolá. Plantas no pórtico e perto da porta de dois batentes recoberta. Nas paredes há muitas gravuras em branco e preto emolduradas. No canto da direita, ao fundo, um bufê: e no centro da sala, à esquerda da mesa, um agrupamento composto de um cachimbo turco, uma pequena espiriteira apagada, e uma cadeira de balanço. É o anoitecer do mesmo dia.

Robert Hand, de smoking, *está sentado ao piano. Os candeeiros não estão acesos mas a lamparina sobre a mesa está. Ele toca suavemente em tom baixo os primeiros compassos da canção de Wolfram no último ato de* Tannhäuser. *Então ele se detém e, apoiando um dos cotovelos na borda do teclado, medita. Depois ele se levanta e, tirando um vaporizador de trás do piano, anda de um lado a outro na sala, espargindo pelo ar jatos de perfume. Ele aspira lentamente o ar e depois volta a pôr o vaporizador atrás do piano. Senta-se numa cadeira próxima da mesa e, alisando o cabelo cuidadosamente, suspira uma ou duas vezes. A seguir, enfiando as mãos nos bolsos da calça, inclina-se para trás, espicha as pernas e espera. Ouve-se alguém batendo na porta que dá para a rua. Ele se levanta depressa.*

ROBERT (*exclama*) — Bertha!

Ele sai apressadamente pela porta da direita. Ouve-se o ruído de cumprimentos confusos. Depois de alguns instantes Robert entra, seguido de Richard Rowam, que está vestido com um terno de tweed *cinzento como antes mas traz numa das mãos um chapéu de feltro escuro e na outra um guarda-chuva.*

ROBERT — Primeiro me deixe livrá-lo dessas coisas.

Ele pega o chapéu e o guarda-chuva, deixa-os no vestíbulo e volta.

ROBERT (*puxando uma cadeira*) — Aqui está você. Teve sorte em me encontrar. Por que não me disse hoje? Você sempre foi um demônio em matéria de surpresa. Imagino que a minha evocação do passado foi demais pro seu sangue ardente. Veja que artista eu me tornei! (*Aponta para as paredes.*) O piano é uma aquisição posterior à sua época. Eu estava justamente arranhando Wagner quando você chegou. Matando o tempo. Como vê, estou preparado para a batalha. (*Ri.*) Eu estava justamente me perguntando como você e o reitor deviam estar se saindo juntos. (*Com espanto exagerado.*) Mas você vai com essa roupa? Oh, bem, acho que não faz muito mal. Como estamos de horário? (*Tira o relógio.*) Mas já são oito e vinte!

RICHARD — Tem algum encontro?

ROBERT (*ri nervosamente*) — Sempre desconfiado!

RICHARD — Então posso me sentar?

ROBERT — É claro, é claro. (*Ambos se sentam.*) Pelo menos por alguns minutos. Depois vamos juntos. Não temos pressa. Ele não disse entre oito e nove? Só queria saber que horas são... (*Está prestes a olhar de novo o relógio; mas ele pára.*) É, oito e vinte.

RICHARD (*como que cansado, triste*) — Seu encontro também era na mesma hora. Aqui.

ROBERT — Que encontro?

RICHARD — Com Bertha.

ROBERT (*encara-o*) — Você está louco?

RICHARD — E você?

ROBERT (*depois de uma longa pausa*) — Quem lhe disse isso?

RICHARD — Ela.

Um breve silêncio.

ROBERT (*num tom de voz baixo*) — É verdade. Acho que estava louco. (*Rapidamente.*) Me escute, Richard. É um grande alívio pra mim que você tenha vindo... o maior alívio. Eu lhe garanto que desde esta tarde eu só fiquei pensando em como eu ia fazer pra cancelar sem parecer um idiota. Que grande alívio! Eu ia até enviar um recado... uma carta, algumas linhas. (*Subitamente.*) Mas já era muito tarde... (*Passa a mão pela testa.*) Você me deixa falar com franqueza, deixa? Vou lhe contar tudo.

RICHARD — Eu sei de tudo. Faz algum tempo que eu sei.

ROBERT — Desde quando?

RICHARD — Desde que isso começou entre você e ela.

ROBERT (*de novo rapidamente*) — É, eu estava louco. Mas foi só uma coisa passageira. Eu admito que pedir pra ela vir aqui esta noite foi um erro. Mas foi só um erro. Eu posso explicar tudo a você. E vou explicar. Sinceramente.

RICHARD — Me explique qual é a palavra que você ansiou e nunca ousou dizer pra ela. Se é que você pode, ou quer.

ROBERT (*baixa os olhos, depois levanta a cabeça*) — Está bem. Eu quero. Admiro muitíssimo a personalidade da sua... da... sua mulher. Essa é a palavra, eu posso dizê-la. Não é nenhum segredo.

RICHARD — Então por que você quis manter a corte em segredo?

ROBERT — Corte?

RICHARD — Suas tentativas de se aproximar dela, pouco a pouco, dia após dia, seus olhares, seus sussurros. (*Com um movimento nervoso das mãos.*) *Insomma*, corte.

ROBERT (*perplexo*) — Mas como ficou sabendo de tudo isso?

RICHARD — Ela me contou.

ROBERT — Esta tarde?

RICHARD — Não. Todas as vezes, enquanto ia acontecendo.

ROBERT — Você sabia? Por ela? (*Richard confirma num gesto de cabeça.*) Você estava nos observando todo o tempo?

RICHARD (*de maneira muito fria*) — Estava observando vocês.

ROBERT (*prontamente*) — Quer dizer, me observando. E você nunca disse nada! Você só tinha de dizer uma palavra pra me salvar de mim mesmo. Você estava me tentando. (*Passa a mão de novo pela testa.*) Foi uma provação terrível. Agora também. (*Desesperadamente.*) Bem, acabou. Vai ser uma lição pra toda a minha vida. Agora você me odeia pelo que eu fiz e por...

RICHARD (*com calma, olhando para ele*) — Eu disse que odeio você?

ROBERT — Não odeia? Pois deveria.

RICHARD — Mesmo que Bertha não tivesse me falado, eu teria sabido. Você não viu que, quando eu cheguei hoje à tarde, eu fui de repente pro meu escritório por alguns momentos?

ROBERT — Você foi. Eu lembro.

RICHARD — Pra dar tempo de você se recompor. Fiquei triste quando eu vi seus olhos. E as rosas também. Não sei dizer por quê. Um monte de rosas que já haviam desabrochado.

ROBERT — Achei que tinha de dá-las. Isso foi estranho? (*Olha para Richard com expressão torturada.*) Rosas demais, talvez? Ou passadas demais, ou comuns?

RICHARD — É por isso que eu não o odiei. Tudo isso me deixou triste de repente.

ROBERT (*para si mesmo*) — E isso é real. Está acontecendo... pra nós.

Lança um olhar fixo à frente por alguns momentos em silêncio, como que aturdido: depois, sem voltar a cabeça, continua.

ROBERT — E ela também estava me tentando. Fazendo uma experiência comigo pra você se beneficiar?

RICHARD — Você conhece as mulheres mais do que eu. Ela diz que sentiu pena de você.

ROBERT (*ruminando*) — Sentiu pena de mim porque eu não sou mais... um amante ideal. Como as minhas rosas. Velho, comum.

RICHARD — Como todos os homens, você tem um coração louco e inconstante.

ROBERT (*lentamente*) — Bem, finalmente você falou. Escolheu o momento certo.

RICHARD (*se inclina para frente*) — Robert, assim não. Não para nós dois. São anos, toda uma vida, de amizade. Pense um momento. Desde a infância, a juventude... Não, não. Não dessa forma — como ladrões — à noite. (*Lançando um olhar à volta.*) E neste lugar. Não, Robert, isso não é pra pessoas como nós.

ROBERT — Mas que lição! Richard, não posso lhe explicar como estou aliviado pelo fato de você ter falado... de o perigo ter passado. É mesmo, é mesmo. (*De maneira um tanto tímida.*) Porque... se você pensar, havia certo perigo pra você também. Não havia?

RICHARD — Que perigo?

ROBERT (*no mesmo tom*) — Não sei. Quer dizer, se você não tivesse falado. Se você tivesse observado e esperado até...

RICHARD — Até...

ROBERT (*com coragem*) — Até que eu tivesse chegado a gostar dela cada vez mais — porque, posso lhe garantir, foi só uma idéia que passou pela minha cabeça —, a gostar dela profundamente, a amá-la. Então você iria me falar como acabou de fazer? (*Richard está em silêncio. Robert prossegue com mais audácia.*) Ia ser diferente, não ia? Porque nesse caso seria tarde demais, ao passo que agora não é. E o que eu poderia dizer, então? Eu só poderia dizer: você é meu amigo, meu melhor amigo. Eu lamento, mas eu a amo. (*Com um súbito gesto de fervor.*) Eu a amo e vou tomá-la de você de qualquer jeito porque eu a amo.

Olham-se um para o outro por alguns momentos em silêncio.

RICHARD (*calmamente*) — Essa é a linguagem que já ouvi muitas vezes e em que não acreditei. Você quer dizer que vai roubá-la de mim? Levá-la à força? Roubar você não poderia: as portas da minha casa estão abertas. Nem levá-la à força, porque não haveria resistência.

ROBERT — Você esquece que o reino dos céus também sofre a violência: e o reino dos céus é como uma mulher.

RICHARD (*sorrindo*) — Vá em frente.

ROBERT (*tímida mas corajosamente*) — Você acha que tem direitos sobre ela... sobre o coração dela?

RICHARD — Nenhum.

ROBERT — Pelo que você fez por ela? Que foi tanto! Disso você não reclama nada?

RICHARD — Nada.

ROBERT (*depois de uma pausa bate na testa com a mão*) — O que estou dizendo? No que eu estou pensando? Eu queria que você tivesse me reprovado, me amaldiçoado, me odiado do modo como eu mereço. Você ama essa mulher. Eu lembro tudo o que você me disse há muito tempo. Ela é sua, uma obra sua. (*De repente.*) E é por isso que eu também me senti atraído para ela. Você é tão forte, que me atrai, mesmo através dela.

RICHARD — Sou fraco.

ROBERT (*com entusiasmo*) — Você, Richard? Você é a encarnação da força.

RICHARD (*estende as mãos*) — Olhe estas mãos.

ROBERT (*segurando-as*) — Sim. As minhas são mais fortes. Mas eu estava querendo dizer um outro tipo de força.

RICHARD (*de modo sombrio*) — Acho que você tentaria tomá-la à força.

Ele retira as mãos lentamente.

ROBERT (*com rapidez*) — Quando a gente sente uma paixão intensa por uma mulher, esses momentos são de total loucura. A gente não vê nada. Não pensa em nada. Só em possuí-la. Pode dizer que isso é brutal, bestial, o que quiser.

RICHARD (*com certa timidez*) — Receio que esse desejo de possuir uma mulher não seja amor.

ROBERT (*impacientemente*) — Nunca houve no mundo um homem que não desejasse possuir — quer dizer, possuir carnalmente — a mulher a quem ele amou. É uma lei da natureza.

RICHARD (*com desprezo*) — E o que é que isso importa pra mim? Por acaso eu votei nessa lei?

ROBERT — Mas quando você ama... que outra coisa é, a não ser...?

RICHARD (*de modo hesitante*) — Desejar o bem dela.

ROBERT (*acaloradamente*) — Mas esse desejo de possuí-la, que devora a gente noite e dia, você sente esse desejo. Como eu. E ele não é o que você acabou de dizer.

RICHARD — Você tem...? (*Detém-se por um instante.*) Você tem a certeza resplandecente de que o cérebro de que ela precisa pra pensar e entender é o seu? De que o corpo de que ela precisa pra sentir é o seu? Você tem essa certeza íntima?

ROBERT — Você tem?

RICHARD (*emocionado*) — Um dia eu tive, Robert: uma certeza tão resplandecente quanto a da minha própria vida... ou uma ilusão tão resplandecente.

ROBERT (*com cautela*) — E agora?

RICHARD — Se você a tivesse e eu pudesse sentir que você a tem... mesmo agora...

ROBERT — O que você faria?

RICHARD (*tranqüilamente*) — Iria embora. Ela precisaria de você. Não de mim. Na solidão, como antes de encontrá-la.

ROBERT (*esfrega as mãos com nervosismo*) — Que belo peso para a minha consciência!

RICHARD (*distraidamente*) — Você encontrou meu filho quando foi a minha casa esta tarde. Ele me falou. O que você sentiu?

ROBERT (*prontamente*) — Prazer.

RICHARD — Mais nada?

ROBERT — Mais nada. A não ser que eu tenha pensado em duas coisas ao mesmo tempo. Eu sou assim. Se meu melhor amigo estivesse deitado no caixão e se ele tivesse na cara uma expressão engraçada, eu ia rir. (*Com um pequeno gesto de desespero.*) Eu sou assim. Mas eu também sofreria. E muito.

RICHARD — Você falou de consciência... ele só lhe pareceu uma criança... ou um anjo?

ROBERT (*com um gesto negativo da cabeça*) — Não. Nem um anjo nem um anglo-saxão. Aliás, duas coisas pelas quais não nutro muita simpatia.

RICHARD — Então nunca? Nunca, mesmo... com ela? Me diga. Quero saber.

ROBERT — Eu sinto no meu coração uma coisa diferente. Acredito que no Dia do Juízo Final — se é que ele virá —, quando todos estivermos reunidos, o Todo-poderoso vai nos falar desse jeito. Nós vamos dizer que vivemos de maneira casta com uma outra criatura...

RICHARD (*de modo amargo*) — Mentir para Ele?

ROBERT — Ou que tentamos viver assim. E Ele nos dirá: Imbecis! Quem lhes disse que vocês foram feitos pra se entregar apenas a um ser? Vocês foram feitos pra se entregar a muitos de maneira livre. Escrevi com Meu dedo essa lei no coração de vocês.

RICHARD — No coração da mulher também?

ROBERT — Também. Será que nós podemos fechar o coração prum afeto que nos toca profundamente? A gente deve fazer isso? Ela deveria fazer isso?

RICHARD — Estamos falando de união carnal.

ROBERT — O afeto entre um homem e uma mulher deve terminar nisso. A gente pensa muito nisso porque a nossa mente é pervertida. Pra nós, hoje, isso tem tanta importância quanto qualquer outra forma de contato... quanto um beijo, por exemplo.

RICHARD — Se não tem importância, por que é que você fica insatisfeito enquanto não chega a esse final? Por que ficou aqui, esta noite, esperando?

ROBERT — As paixões tendem a ir o mais longe que elas puderem. Só que — acredite se quiser —, eu nunca pensei... em chegar a esse fim.

RICHARD — Chegue, se puder. Não vou usar contra você nenhuma das armas que a sociedade põe ao meu alcance. Se a lei que o dedo de Deus escreveu no nosso coração é a lei que você diz, eu também sou uma criatura de Deus.

Ele se levanta e anda compassadamente de um lado para outro por alguns momentos em silêncio. Depois, ele vai para o pórtico e se encosta no umbral da porta. Robert o observa.

ROBERT — Eu sempre a senti. Em mim e nos outros.

RICHARD (*distraído*) — É?

ROBERT (*com um gesto vago*) — Para todos. Que uma mulher também tem o direito de tentar com muitos homens até encontrar o amor. Uma idéia imoral, não é? Eu quis escrever um livro sobre isso. E até o comecei...

RICHARD (*como antes*) — É?

ROBERT — É. Porque conheci uma mulher que me dava a impressão de que estava fazendo isto — pondo em prática essa idéia na própria vida dela. Fiquei muito interessado nela.

RICHARD — Quando foi isso?

ROBERT — Oh, já faz algum tempo. Quando você estava fora.

Richard sai de maneira um tanto abrupta do lugar onde estava e anda de novo compassadamente de um lado a outro.

ROBERT — Está vendo? Sou mais honesto do que você pensou.

RICHARD — Eu preferia que você não tivesse falado dela agora — independente de quem ela foi, ou é.

ROBERT (*descontraidamente*) — Ela era, e é, a mulher de um corretor da bolsa de valores.

RICHARD (*voltando-se*) — Você o conhece?

ROBERT — Intimamente.

Richard se senta de novo no mesmo lugar e se inclina para a frente, a cabeça apoiada nas mãos.

ROBERT (*aproximando a cadeira um pouco mais*) — Posso lhe fazer uma pergunta?

RICHARD — Pode.

ROBERT (*com certa hesitação*) — Nunca lhe ocorreu nesses anos — quer dizer, quando você estava longe dela, por exemplo, ou viajando — nunca lhe ocorreu... traí-la com outra? Traí-la, quero dizer, sem amor. Só fisicamente... Isso nunca lhe ocorreu?

RICHARD — Ocorreu.

ROBERT — E como foi?

RICHARD — Eu lembro a primeira vez. Cheguei em casa. Era noite. Minha casa estava em silêncio. Meu filhinho estava dormindo no berço. Ela também estava dormindo. Eu a acordei e contei pra ela. Chorei junto da sua cama e dilacerei o coração dela.

ROBERT — Ah, Richard, por que você foi fazer isso?

RICHARD — Traí-la?

ROBERT — Não. Contar pra ela. Acordá-la pra contar pra ela. Isso foi dilacerar o coração dela.

RICHARD — Ela deve me conhecer do modo como eu sou.

ROBERT — Mas isso não é você do jeito como você é. Foi um momento de fraqueza.

RICHARD (*perdido em pensamentos*) — E eu estava alimentando a chama da inocência dela com a minha culpa.

ROBERT (*bruscamente*) — Oh, não fale de culpa nem de inocência. Foi você que fez dela o que ela é: uma personalidade rara e maravilhosa... aos meus olhos, pelo menos.

RICHARD (*em tom sombrio*) — Ou será que eu a matei.

ROBERT — Matou-a?

RICHARD — A virgindade da alma dela.

ROBERT (*com impaciência*) — E é bom que tenha sido perdida! O que seria dela sem você?

RICHARD — Eu tentei dar pra ela uma vida nova.

ROBERT — E você deu. Uma vida nova e rica.

RICHARD — Mas isso vale o que eu tirei dela... sua adolescência, seu sorriso, sua beleza jovem, as esperanças do seu coração de moça?

ROBERT (*com firmeza*) — Vale. Vale muito bem. (*Ele olha para Richard por alguns momentos em silêncio.*) Se você não tivesse cuidado dela, se tivesse vivido uma vida de devassidão, se a tivesse trazido até aqui só pra fazê-la sofrer...

Ele pára. Richard ergue a cabeça e olha para ele.

RICHARD — Se eu tivesse...?

ROBERT (*ligeiramente confuso*) — Você sabe que houve boatos aqui sobre a sua vida lá fora... uma vida desregrada, no entender de algumas pessoas que conheceram você, que o encontraram ou que ouviram falar de você em Roma. Boatos mentirosos.

RICHARD (*friamente*) — Continue.

ROBERT (*ri um tanto secamente*) — Houve momentos em que até eu pensei que ela fosse uma vítima. (*Delicadamente.*) E é claro, Richard, eu sabia e sentia e todo o tempo que você era um homem de grande talento — ou algo mais do que simples talento. E essa era a sua desculpa... absolutamente válida aos meus olhos.

RICHARD — Você não pensou que talvez seja agora — neste momento que eu estou deixando de cuidar dela? (*Ele junta as mãos, entrelaçando os dedos nervosamente, e se inclina na direção de Robert.*) Eu ainda posso ficar calado. E ela pode se entregar a você finalmente... totalmente e muitas vezes.

ROBERT (*recua subitamente*) — Meu caro Richard, meu querido amigo, eu lhe juro que eu não poderia fazer você sofrer.

RICHARD (*continuando*) — Você conheceria, de corpo e alma, de cem maneiras diferentes, e sempre sem descanso, o que algum velho teólogo — Duns Scotus, eu acho — chamou de a morte do espírito.

ROBERT (*com ansiedade*) — Morte? Não: a afirmação dele! Morte? O momento supremo da vida do qual toda vida futura procede, a lei eterna da própria natureza.

RICHARD — E essa outra lei da natureza, como você a chama: a mudança. Como vai ser quando você se voltar contra ela e contra mim, quando a beleza dela, ou o que parece belo a você agora, cansá-lo, e o meu afeto por você parecer falso e odioso?

ROBERT — Isso nunca vai acontecer. Nunca...

RICHARD — E quando você se voltar contra si mesmo por ter-me conhecido ou por ter tido esse triste comércio com nós dois?

ROBERT (*com gravidade*) — Isso nunca vai acontecer, Richard. Fique certo disso.

RICHARD (*com desdém*) — Pouco me importa se vai acontecer ou não. Tem uma coisa que me causa mais medo.

ROBERT (*num gesto negativo da cabeça*) — Com medo, você? Não acredito nisso, Richard. Desde que nós éramos meninos, acompanhei a evolução do seu espírito. Você não conhece o medo moral.

RICHARD (*pondo-lhe a mão no braço*) — Ouça. Ela está morta. Jaz na minha cama. Olho para o corpo dela, que eu traí... grosseiramente e muitas vezes. E que amei também, e pelo qual chorei. E sei que o corpo dela sempre foi o meu escravo leal. A mim, só a mim ela se entregou... (*Ele se interrompe e se volta para outro lado, incapaz de falar.*)

ROBERT (*brandamente*) — Não sofra, Richard. Não tem necessidade. Ela é fiel a você, de corpo e alma. Por que você tem medo?

RICHARD (*volta-se para ele, quase furiosamente*) — Não esse medo. É que eu vou me reprovar depois por ter ficado com tudo pra mim mesmo, por eu não poder tolerar que ela desse a outro o que cabia a ela, e não a mim, dar; por eu ter aceitado dela a sua fidelidade, e por ter tornado a vida dela menos rica em amor. O meu medo é esse. De ficar entre ela e os momentos da vida que deviam ser dela, entre ela e você, entre ela e qualquer um, entre ela e qualquer coisa. Nunca farei isso. Não posso fazer, e não quero. Não tenho coragem.

Inclina-se para trás na cadeira, arfando, com um brilho nos olhos. Robert se levanta serenamente e se posta atrás da cadeira dele.

ROBERT — Escute aqui, Richard. Dissemos tudo o que havia pra dizer. Vamos deixar o passado de lado.

RICHARD (*vívida e bruscamente*) — Espere. Tem mais uma coisa. Você também precisa saber como eu sou — agora.

ROBERT — Mais? Ainda tem mais?

RICHARD — Eu lhe disse que fiquei triste à tarde quando vi os seus olhos. A sua humildade e a sua confusão fizeram com que eu me sentisse unido a você como se fôssemos irmãos. (*Dá meia volta e o encara.*) Naquele momento, vi toda a nossa vida juntos no passado, e tive uma vontade forte de passar o braço em volta do seu ombro.

ROBERT (*profunda e subitamente sensibilizado*) — É nobre da sua parte, Richard, me perdoar desse jeito.

RICHARD (*lutando consigo mesmo*) — Eu lhe disse que não queria que você fosse falso e escondesse algo de mim, da nossa amizade, de Bertha; que eu não queria que você a roubasse de mim de maneira maliciosa, dissimulada, sórdida... No escuro, na noite... Você, Robert, meu amigo.

ROBERT — Eu sei. E foi nobre da sua parte.

RICHARD (*encara-o longamente*) — Não, nobre não. Ignóbil.

ROBERT (*com um gesto involuntário*) — Como? Por quê?

RICHARD (*desviando os olhos novamente: com voz mais baixa*) — É isso o que eu também tenho pra lhe dizer. Porque lá no fundo do meu coração ignóbil eu tive o desejo de ser traído por você e por ela... no escuro, na noite... De uma forma dissimulada, sórdida, maliciosa. Por você, meu melhor amigo, e por ela. Desejei isso de maneira ardente e ignóbil... ser desonrado pra sempre no amor e na lascívia, ser...

ROBERT (*inclinando-se e tapando com a mão a boca de Richard*) — Chega. Basta. (*Afasta a mão.*) Ou melhor: continue.

RICHARD — ... Ser pra sempre uma criatura desonrosa, e reconstruir minha alma a partir das ruínas da minha desonra.

ROBERT — É por isso que você quis que ela...

RICHARD (*sereno*) — Ela sempre falou da inocência dela como eu sempre falei da minha culpa, me humilhando.

ROBERT — Por orgulho, é?

RICHARD — Por orgulho e por um desejo ignóbil. E por um motivo ainda mais profundo.

ROBERT (*com determinação*) — Eu o compreendo.

Ele volta ao seu lugar e põe-se a falar imediatamente, aproximando a sua cadeira.

ROBERT — Não é possível que estejamos diante de um momento que vai nos libertar, a mim e a você, das últimas amarras do que se chama moralidade? Minha amizade por você criou as amarras pra mim.

RICHARD — Pelo que se vê, amarras muito frouxas.

ROBERT — Eu agi no escuro, de maneira dissimulada. Não vou mais fazer isso. Você tem coragem de me deixar agir com liberdade?

RICHARD — Um duelo... entre nós dois?

ROBERT (*com animação cada vez maior*) — Uma batalha das nossas duas almas, diferentes do jeito que são, contra tudo o que é falso nelas e no mundo. Uma batalha da sua alma contra o fantasma da fidelidade, da minha contra o fantasma da amizade. A vida toda é uma conquista, a vitória da paixão humana sobre os mandamentos da covardia. Quer isso, Richard? Tem coragem? Mesmo que reduza a pó a nossa amizade, mesmo que acabe pra sempre com a última ilusão na sua vida? Havia uma eternidade antes do nosso nascimento: virá uma outra depois que nós tivermos morrido. O momento de cegueira da paixão — paixão, livre, desavergonhada, irresistível — é a única saída pela qual podemos escapar da miséria do que os escravos chamam de vida. Não é essa a linguagem da sua juventude? Linguagem que eu ouvi tantas vezes de você aqui mesmo onde estamos sentados agora? Você mudou?

RICHARD (*passa a mão sobre a testa*) — É. É a linguagem da minha juventude.

ROBERT (*ávida e intensamente*) — Richard, foi você que me fez chegar a esse ponto. Tanto ela como eu só temos obedecido à sua vontade. Foi você que fez essas palavras surgirem na minha cabeça. As suas próprias palavras. Então você quer que nós...? Livremente? Juntos?

RICHARD (*dominando a própria emoção*) — Juntos não. Trave a sua batalha sozinho. Eu não vou libertar você. Me deixe travar a minha.

ROBERT (*levanta-se, decidido*) — Então você me autoriza?

RICHARD (*levanta-se também, serenamente*) — Liberte-se.

Ouve-se alguém batendo à porta do vestíbulo.

ROBERT (*inquieto*) — Mas o que significa isso?

RICHARD (*calmamente*) — Bertha, é claro. Você não pediu que ela viesse?

ROBERT — Sim, mas... (*Olhando para ele.*) Então eu vou embora, Richard.

RICHARD — Não. Eu vou.

ROBERT (*desesperado*) — Richard, eu imploro. Me deixe ir. Acabou. Ela é sua. Fique com ela e me perdoe. Vocês dois.

RICHARD — Porque você é generoso a ponto de me conceder...?

ROBERT (*em tom inflamado*) — Richard, eu vou ficar bravo com você se você disser isso.

RICHARD — Bravo ou não, não vou viver da sua generosidade. Foi você que pediu que ela o encontrasse aqui esta noite e sozinha. Resolva o problema entre vocês.

ROBERT (*prontamente*) — Abra a porta. Vou esperar no jardim. (*Dirige-se ao pórtico.*) Explique a ela, Richard, da melhor maneira que puder. Eu não posso vê-la agora.

RICHARD — Estou dizendo que vou embora. Espere lá fora se quiser.

Ele sai pela porta da direita. Robert sai depressa pelo pórtico mas volta no mesmo instante.

ROBERT — Um guarda-chuva! (*Com um gesto súbito.*) Oh!

Ele sai de novo pelo pórtico. Ouve-se a porta do vestíbulo se abrir e fechar. Richard entra seguido de Bertha, que está com um vestido marrom-escuro e usa um chapeuzinho vermelho-escuro. Ela está sem guarda-chuva e sem capa de chuva.

RICHARD (*alegremente*) — Bem-vinda à velha Irlanda!

BERTHA (*nervosa e gravemente*) — É este o lugar?

RICHARD — É, é sim. Como você chegou até aqui?

BERTHA — Eu dei as indicações pro condutor. Não quis perguntar sobre o caminho. (*Olhando ao redor com curiosidade.*) Ele não estava esperando? Ele foi embora?

RICHARD (*aponta para o jardim*) — Ele está esperando. Lá. Estava esperando quando eu cheguei.

BERTHA (*de novo senhora de si*) — Está vendo? No final das contas, você veio.

RICHARD — Você achou que eu não viria?

BERTHA — Eu sabia que você não ia deixar de vir. Está vendo? No final das contas, você é como todos os outros homens. Você foi obrigado a vir. Você é ciumento como os outros.

RICHARD — Você parece chateada por me encontrar aqui.

BERTHA — O que é que aconteceu entre vocês?

RICHARD — Eu disse pra ele que eu sabia de tudo... e há muito tempo. Ele perguntou como. Eu disse que você tinha me contado.

BERTHA — Ele me odeia?

RICHARD — Eu não sei o que vai no coração dele.

BERTHA (*senta-se desamparada*) — É. Ele me odeia. Acha que eu fiz ele de bobo... que o traí. Eu sabia que ele ia pensar assim.

RICHARD — Eu disse a ele que você foi sincera com ele.

BERTHA — Ele não vai acreditar. Ninguém acreditaria. Eu é que devia ter dito pra ele primeiro — não você.

RICHARD — Pensei que ele fosse um ladrão comum, disposto até a usar de violência contra você. Eu tinha que proteger você disso.

BERTHA — Isso eu mesma poderia ter feito.

RICHARD — Tem certeza?

BERTHA — Era só falar pra ele que você sabia que eu estava aqui. Agora não posso descobrir nada. Ele me odeia. E está certo em me odiar. Eu o tratei mal, de maneira vergonhosa.

RICHARD (*toma-lhe a mão*) — Bertha, olhe pra mim.

BERTHA (*volta-se para ele*) — E então?

RICHARD (*olha-a dentro dos olhos e depois deixa que a mão dela caia*) — Também não sei o que vai no seu coração.

BERTHA (*ainda olhando para ele*) — Você não pôde deixar de vir. Não confia em mim? Como você vê, estou bastante calma. Eu podia ter escondido tudo de você.

RICHARD — Duvido.

BERTHA (*com um ligeiro movimento da cabeça*) — Oh, teria sido fácil se eu quisesse.

RICHARD (*em tom sombrio*) — Talvez agora você se lamente por não ter feito.

BERTHA — Talvez.

RICHARD (*de maneira desagradável*) — Como você foi tola me contando! Teria sido tão divertido se você tivesse mantido segredo.

BERTHA — Como você, não é?

RICHARD — Como eu, sim. (*Ele se volta para sair.*) Até logo. Por enquanto.

BERTHA (*espantada, levanta-se*) — Você vai embora?

RICHARD — Naturalmente. Meu papel acabou.

BERTHA — Vai se encontrar com ela, imagino?

RICHARD (*espantado*) — Com quem?

BERTHA — Sua excelência. Imagino que tudo está planejado pra que você tenha uma boa oportunidade de vê-la. E de ter uma conversa intelectual com ela!

RICHARD (*num rompante de ira grosseira*) — Eu vou ver é o diabo!

BERTHA (*retira o alfinete do chapéu e se senta*) — Muito bem. Pode ir. Agora eu já sei o que fazer.

RICHARD (*volta-se, aborda-a*) — Você não acredita numa única palavra do que eu digo.

BERTHA (*serenamente*) — Pode ir. Por que não vai?

RICHARD — Então você veio até aqui e o atraiu dessa forma por minha causa. Não é isso?

BERTHA — Nisso tudo só há uma pessoa que sabe o que faz. E ela é você. Eu sou idiota. E ele também.

RICHARD (*continuando*) — Se é assim, você, na verdade, o tratou mal e de maneira vergonhosa.

BERTHA (*aponta para ele*) — Tratei. Mas foi culpa sua. E agora eu vou acabar com isso. Eu sou só um instrumento na sua mão. Você não tem nenhum respeito por mim. Nunca teve porque eu fiz o que eu fiz.

RICHARD — E ele, respeita?

BERTHA — Respeita. De todo mundo que eu encontrei depois que eu voltei, ele é a única pessoa que respeita. E ele sabe daquilo que os outros só suspeitam. E é por isso que eu gostei dele desde o começo, e ainda gosto. E que grande respeito por mim, ela tem! Por que você não pediu pra ela fugir com você nove anos atrás?

RICHARD — Você sabe por que, Bertha. Pergunte a si mesma.

BERTHA — É, eu sei por quê. Você sabia a resposta que ia receber. É essa a razão.

RICHARD — Essa não é a razão. Eu nem mesmo pedi pra você.

BERTHA — É. Você sabia que eu iria, você pedindo ou não. Eu faço as coisas. Mas, se eu fiz uma, posso fazer duas. Já que eu tenho a fama, posso me deitar na cama.

RICHARD (*com agitação cada vez maior*) — Bertha, aceito o que deve acontecer. Confiei em você. Vou continuar confiando.

BERTHA — Pra ter isso contra mim. E depois pra me deixar. (*Quase passionalmente.*) Por que você não me defende dele? Por que está me abandonando assim, sem uma palavra? Dick, pelo amor de Deus, me diga o que você quer que eu faça!

RICHARD — Eu não posso, minha querida. (*Lutando com ele mesmo.*) O seu coração lhe dirá. (*Toma-lhe as duas mãos.*) Sinto uma satisfação selvagem na minha alma, Bertha, quando eu olho pra você. Eu a vejo como você é. Que eu tenha entrado primeiro na sua vida, ou pelo menos antes dele — isso talvez não signifique nada pra você. Você talvez seja mais dele do que minha.

BERTHA — Não sou. Só sinto algo por ele também.

RICHARD — Eu também sinto. Você pode ser dele e minha. Vou confiar em você, Bertha. E nele também. Eu preciso. Eu não posso odiá-lo, a alguém que já teve você nos braços. Você nos aproximou um do outro. No seu coração existe algo mais sábio do que a sabedoria. Quem sou eu pra me proclamar dono do seu coração, ou do de qualquer mulher? Bertha, ame-o, seja dele, entregue-se a ele, se desejar. Ou se puder.

BERTHA (*como em devaneio*) — Eu vou ficar.

RICHARD — Adeus.

Ele deixa que as mãos dela caiam e sai rapidamente pela direita. Bertha fica sentada. Depois ela se levanta e segue a passos tímidos até o pórtico. Pára perto dele e, depois de hesitar um pouco, grita para o jardim.

BERTHA — Tem alguém aí?

Ao mesmo tempo ela vai para o meio da sala. Depois grita de novo da mesma forma.

BERTHA — Tem alguém aí?

Robert aparece pela porta aberta que dá para o jardim. Seu casaco está abotoado e a gola, levantada. Ele apóia delicadamente as mãos no umbral e espera até que Bertha o veja.

BERTHA (*ao vê-lo, começa a recuar: depois de maneira serena*) — Robert!

ROBERT — Você está sozinha?

BERTHA — Estou.

ROBERT (*olhando para a porta da direita*) — Onde ele está?

BERTHA — Foi embora. (*Nervosamente.*) Você me assustou. Por onde você entrou?

ROBERT (*com um movimento da cabeça*) — Por ali. Ele não lhe disse que eu estava lá fora... esperando?

BERTHA (*rapidamente*) — É, ele me disse. Mas eu estava com medo, aqui, sozinha, com a porta aberta, esperando você. (*Ela se dirige à mesa e apóia a mão num dos seus cantos.*) Por que você fica desse jeito aí na porta?

ROBERT — Por quê? Porque também estou com medo.

BERTHA — De quê?

ROBERT — De você.

BERTHA (*baixa o olhar*) — E agora, você me odeia?

ROBERT — Tenho medo de você. (*Juntando as mãos atrás das costas, de maneira serena mas um tanto desafiadora.*) Tenho medo de uma nova tortura — uma nova armadilha.

BERTHA (*como antes*) — Do quê eu sou culpada?

ROBERT (*dá alguns passos para a frente, detém-se; então, impulsivamente*) — Por que você me deixou ir em frente? Dia após dia, cada vez mais. Por que não me fez parar? Você podia ter feito isso... bastava uma palavra. Mas nem sequer isso! Eu me esqueci de mim mesmo e dele. Você viu isso. Que eu estava me destruindo aos olhos dele, perdendo a amizade dele. Você queria isso pra mim?

BERTHA (*erguendo o olhar*) — Você nunca me perguntou.

ROBERT — Perguntei o quê?

BERTHA — Se ele suspeitava... ou se sabia.

ROBERT — E você teria me contado?

BERTHA — Teria.

ROBERT (*hesitante*) — Você contou... tudo... pra ele?

BERTHA — Contei.

ROBERT — Quero dizer... detalhes?

BERTHA — Tudo.

ROBERT (*com um sorriso forçado*) — Entendo. Você estava fazendo uma experiência em benefício dele. Comigo. Ora, por que não? Parece que eu fui uma boa cobaia. Só que foi um pouco cruel da sua parte.

BERTHA — Tente me compreender, Robert. Você precisa tentar.

ROBERT (*com um gesto cortês*) — Muito bem, vou tentar.

BERTHA — Por que você fica aí junto da porta? Me deixa nervosa, olhar pra você.

ROBERT — Estou tentando entender. E além disso estou com medo.

BERTHA (*estende a mão*) — Não precisa ficar com medo.

Robert se aproxima dela com presteza e toma-lhe a mão.

ROBERT (*timidamente*) — Vocês costumavam rir de mim... juntos? (*Afastando a mão.*) Agora eu preciso ser bonzinho, senão vocês podem rir de mim de novo... esta noite.

BERTHA (*aflita, põe a mão no braço dele*) — Por favor, me escute, Robert...

Mas você está todo molhado... encharcado! (*Ela passa as mãos sobre o casaco dele.*) Coitado! Todo esse tempo lá fora, debaixo de chuva! Eu tinha me esquecido disso.

ROBERT (*ri*) — É, você esqueceu o clima.

BERTHA — Mas você está realmente encharcado. Você precisa trocar de roupa.

ROBERT (*toma-lhe as mãos*) — Me diga: então o que você sente por mim é piedade... como ele, o Richard, diz?

BERTHA — Por favor, Robert, faça o que eu estou pedindo, troque de roupa. Você pode pegar uma baita gripe por causa disso. Troque, por favor.

ROBERT — O que isso importa, agora?

BERTHA (*olhando à volta*) — Onde você guarda suas roupas aqui?

ROBERT (*aponta para a porta do fundo*) — Ali. Imagino que eu deva ter um casaco aqui. (*Maliciosamente.*) No meu quarto.

BERTHA — Bem, então vá lá e pegue.

ROBERT — E você?

BERTHA — Eu espero você aqui.

ROBERT — É uma ordem?

BERTHA (*rindo*) — É. Uma ordem.

ROBERT (*prontamente*) — Então eu vou. (*Ele se dirige depressa à porta do quarto; em seguida se volta.*) Você não vai embora, vai?

BERTHA — Não. Vou esperar. Mas não demore.

ROBERT — Só um segundo.

Ele entra no quarto, deixando a porta aberta. Bertha olha com curiosidade ao seu redor e depois lança um olhar indeciso para a porta do fundo.

ROBERT (*do quarto*) — Você ainda não foi?

BERTHA — Não.

ROBERT — Estou no escuro. Tenho que acender a lamparina.

Ouve-se riscar um fósforo e o ruído de um quebra-luz de vidro sendo ajustado na lamparina. Uma luz rosada projeta-se da porta. Bertha olha o relógio de pulso e então se senta perto da mesa.

ROBERT (*como antes*) — Gosta desse efeito da luz?

BERTHA — Oh, sim.

ROBERT — Pode ver daí onde você está?

BERTHA — Posso. Muito bem.

ROBERT — Era pra você.

BERTHA (*confusa*) — Eu não mereço nem isso.

ROBERT (*com voz clara e áspera*) — Trabalhos de amor perdidos.

BERTHA (*levantando-se nervosa*) — Robert!

ROBERT — O quê?

BERTHA — Venha aqui depressa! Depressa, eu disse!

ROBERT — Estou pronto.

Ele aparece à porta, usando um casaco de veludo verde-escuro. Ao vê-la agitada, dirige-se depressa a ela.

ROBERT — O que é, Bertha?

BERTHA (*trêmula*) — Estou com medo.

ROBERT — Porque está sozinha?

BERTHA (*pega-lhe as mãos*) — Você sabe do que eu estou falando. Estou com os nervos abalados.

ROBERT — Medo de que eu...?

BERTHA — Robert: me prometa que não vai pensar mais nisso. Nunca. Se você gosta um pouco de mim. Eu pensei naquele momento...

ROBERT — Que idéia!

BERTHA — Mas me prometa. Se você gosta de mim.

ROBERT — Se eu gosto de você, Bertha! Eu prometo. É claro que prometo. Você está toda trêmula.

BERTHA — Me deixe sentar em algum lugar. Vai passar num segundo.

ROBERT — Minha pobre Bertha! Sente-se. Venha.

Ele a conduz até a cadeira perto da mesa. Ela se senta. Ele fica a seu lado.

ROBERT (*depois de uma pausa breve*) — Passou?

BERTHA — Passou. Foi só um segundo. Eu fui ridícula. Eu tinha medo de... Eu queria ver você perto de mim.

ROBERT — Daquilo... daquilo em que eu não ia mais pensar, como você me fez prometer...?

BERTHA — É.

ROBERT (*com agudeza*) — Ou de outra coisa?

BERTHA (*de maneira desamparada*) — Robert, tive medo de alguma coisa. Não sei bem do quê.

ROBERT — E agora?

BERTHA — Agora você está aqui. Eu posso vê-lo. Oh, já passou.

ROBERT (*com resignação*) — Passou. É. Trabalhos de amor perdidos.

BERTHA (*encara-o*) — Ouça, Robert. Quero lhe explicar tudo. Eu não poderia enganar o Dick. Nunca. Em nada. Eu contei tudo pra ele — desde o começo. E depois a coisa foi aumentando; e mesmo assim você nunca falou nem me perguntou nada. Eu esperava que você fizesse isso.

ROBERT — Essa é a verdade, Bertha?

BERTHA — É. Porque eu ficava incomodada com a possibilidade de que você pensasse que eu era como... como as outras mulheres que, acho, você conheceu desse jeito. E também acho que Dick tem razão. Por que tinha que haver segredos?

ROBERT (*suavemente*) — Mas certos segredos podem ser bem doces, não acha?

BERTHA (*sorri*) — Sim. Sei que podem. Mas, eu não poderia ter segredos para com o Dick, compreende? Além disso, pra quê? Eles sempre acabam sendo revelados no final. Não é melhor que todo mundo saiba?

ROBERT (*suave e um pouco timidamente*) — Como é que você pôde contar tudo pra ele, Bertha? Você fez isso mesmo? Contou cada detalhe do que aconteceu entre nós?

BERTHA — Contei. Tudo o que ele me perguntou.

ROBERT — E ele lhe perguntou... muita coisa?

BERTHA — Você sabe como ele é. Ele quer saber tudo. O que entra e o que sai.

ROBERT — De nossos beijos também?

BERTHA — É claro. Eu contei tudo pra ele.

ROBERT (*faz gestos lentos com a cabeça*) — Que criaturinha extraordinária! Você não teve vergonha?

BERTHA — Não.

ROBERT — Nem um pouco?

BERTHA — Não. Por quê? É assim tão terrível?

ROBERT — E qual foi a reação dele? Me diga. Eu também quero saber tudo.

BERTHA (*ri-se*) — Isso excitou as emoções dele. Mais do que o habitual.

ROBERT — Por quê? Ele ainda está... excitável?

BERTHA (*maliciosamente*) — Está. Muito. Quando não anda perdido nas filosofias dele.

ROBERT — Mais do que eu?

BERTHA — Mais do que você? (*Refletindo.*) Como eu poderia responder isso? Acho que vocês dois estão.

Robert se volta e lança um olhar para o pórtico, passando a mão uma ou duas vezes, com ar pensativo, pelo cabelo.

BERTHA (*amavelmente*) — Está zangado comigo de novo?

ROBERT (*em tom de melancolia*) — Quem está zangada comigo é você.

BERTHA — Não, Robert. Por que eu deveria estar?

ROBERT — Porque eu lhe pedi pra vir aqui. Tentei preparar tudo pra você. (*Aponta indistintamente vários cantos do ambiente.*) Pra ter um ar de tranqüilidade.

BERTHA (*tocando-lhe o casaco com os dedos*) — Inclusive isto. Seu belo casaco de veludo.

ROBERT — Também. Não vou ter segredos pra você.

BERTHA — Você me lembra uma personagem num quadro. Você fica bem nele... Mas você não está zangado, está?

ROBERT (*com ar sombrio*) — Não. Fui eu que cometi um erro, pedindo pra você vir aqui. Senti isso quando olhei pra você do jardim e a vi — a você, Bertha — de pé, aqui. (*Sem esperança.*) Mas o que mais eu poderia ter feito?

BERTHA (*serenamente*) — Você diz isso porque outras já passaram por aqui?

ROBERT — Sim.

Afasta-se dela dando alguns passos. Um golpe de vento faz vacilar a luz da lamparina que está sobre a mesa. Ele diminui ligeiramente a mecha.

BERTHA (*seguindo-o com os olhos*) — Mas eu já sabia disso antes de vir. Não estou brava com você por causa disso.

ROBERT (*encolhe os ombros*) — Por que, afinal de contas, você deveria ficar brava comigo? Você nem está brava com ele... pela mesma coisa... ou pior.

BERTHA — Ele contou isso dele pra você?

ROBERT — Sim. Ele me contou. Todos nos confessamos uns aos outros aqui. Um de cada vez.

BERTHA — Procuro não pensar.

ROBERT — E isso não a perturba?

BERTHA — Não mais. Só que eu não gosto de pensar nisso.

ROBERT — Você acha que é só uma necessidade bestial? Sem muita importância?

BERTHA — Não me perturba... mais.

ROBERT (*olhando-a por sobre o ombro*) — Mas tem uma coisa que a perturbaria muito e que você não procuraria esquecer.

BERTHA — O quê?

ROBERT (*voltando-se para ela*) — Se isso não fosse só uma necessidade bestial, saciada com essa ou com aquela pessoa por alguns momentos. Se fosse uma troca nobre e espiritual... só com uma pessoa... com a mesma mulher. (*Sorri.*) E, quem sabe, talvez bestial também. Isso acontece mais cedo ou mais tarde. Você ia procurar esquecer e perdoar isso?

BERTHA (*brincando com a pulseira*) — Com relação a quem?

ROBERT — A qualquer um. A mim, por exemplo.

BERTHA (*calmamente*) — Você está se referindo a Dick.

ROBERT — Estou me referindo a mim mesmo. Mas você perdoaria?

BERTHA — Acha que eu me vingaria? O Dick não tem direito de ser livre também?

ROBERT (*apontando o dedo para ela*) — Você não está falando do fundo do coração, Bertha.

BERTHA (*com orgulho*) — Estou, sim. Que ele seja livre também. Ele me dá liberdade também.

ROBERT (*insistente*) — E você sabe por quê? E compreende? E gosta disso? E você quer ser livre? Isso a deixa feliz? Deixou você feliz? Sempre? Essa liberdade que ele lhe deu de presente... nove anos atrás?

BERTHA (*fixando nele os olhos arregalados*) — Mas por que está me fazendo todas essas perguntas, Robert?

ROBERT (*estende-lhe ambas as mãos*) — Porque eu tenho um outro presente pra lhe dar — um presente simples e comum — como eu mesmo. Se você quiser saber, vou lhe contar.

BERTHA (*olhando para o relógio*) — O que passou, passou, Robert. E acho que eu tenho que ir embora. São quase nove.

ROBERT (*impetuosamente*) — Não, não. Ainda não. Ainda falta uma confissão. E nós temos o direito de falar.

Passa depressa por trás da mesa e senta-se junto dela.

BERTHA (*voltando-se para ele, põe a mão esquerda no ombro dele*) — É, Robert. Sei que você gosta de mim. Não precisa me dizer. (*De maneira gentil.*) Não precisa confessar mais nada esta noite.

Uma lufada sopra através do pórtico; ouve-se o farfalhar das folhas. A luz da lamparina oscila ligeiramente.

BERTHA (*apontando a lamparina por sobre o ombro dele*) — Olha! A mecha está alta demais.

Sem se levantar, ele se inclina sobre a mesa e diminui a mecha um pouco mais. A sala mergulha na penumbra. Uma luz mais viva entra pela porta do quarto.

ROBERT — Está ventando. Vou fechar aquela porta.

BERTHA (*ouvindo*) — Não, ainda está chovendo. Foi só um golpe de vento.

ROBERT (*toca-lhe o ombro*) — Está muito frio pra você? (*Fazendo menção de se levantar.*) Vou fechá-la.

BERTHA (*detendo-o*) —Não. Não está frio. E além disso eu já vou embora, Robert. Eu devo ir.

ROBERT (*com firmeza*) — Não, não. Aqui não tem nenhum *devo*. Deixaram a gente aqui pra isso. E você está enganada, Bertha. O passado não ficou pra trás. Ele está presente aqui, agora. O que eu sinto por você agora é o mesmo que eu senti antes. Porque naquela época... você fez pouco caso disso.

BERTHA — Não, Robert. Não fiz.

ROBERT (*continuando*) — Fez. E eu senti isso todos esses anos... e só agora eu compreendi. Mesmo enquanto eu tinha o tipo de vida que você agora sabe e no qual não gosta de pensar — o tipo de vida a que você me condenou.

BERTHA — Eu?

ROBERT — É. Quando você fez pouco caso do presente simples e comum que eu tinha pra lhe dar — e, em vez disso, aceitou o presente dele.

BERTHA (*olhando para ele*) — Mas você nunca...

ROBERT — Não. Porque você já havia escolhido ele. Eu compreendi isso. Na primeira noite em que nós três nos encontramos. Por que você o escolheu?

BERTHA (*baixa a cabeça*) — O amor não é isso?

ROBERT (*continuando*) — E toda noite, quando nós dois — ele e eu —

chegávamos àquela esquina pra encontrar você, eu percebia isso, eu sentia. Você se lembra daquela esquina, Bertha?

BERTHA (*como antes*) — Me lembro.

ROBERT — E quando você e ele iam passear juntos, e eu seguia sozinho pela rua, eu sentia. E quando ele me falou de você e disse que estava indo embora — eu senti mais do que nunca.

BERTHA — Por que mais do que nunca?

ROBERT — Porque foi aí que eu senti culpa por estar traindo ele pela primeira vez.

BERTHA — Robert, o que você está dizendo? Traindo pela primeira vez? O Dick?

ROBERT (*faz um gesto positivo com a cabeça*) — E não pela última. Ele me falou de vocês dois. De como ia ser a vida de vocês juntos... livre e tudo o mais. Livre, sim! Ele nem sequer pediu pra você ir com ele. (*Amargamente.*) Não pediu. E você foi assim mesmo.

BERTHA — Eu queria estar ao lado dele. Você sabe... (*Erguendo a cabeça e olhando-o.*) Você sabe como nós éramos naquela época... Dick e eu.

ROBERT (*sem dar ouvidos*) — Eu o aconselhei a ir sozinho, a não levar você com ele — a viver só para ver se o que ele sentia por você era uma coisa passageira, que podia arruinar a sua felicidade e a carreira dele.

BERTHA — Bem, Robert, foi algo indelicado da sua parte pra comigo. Mas eu o perdôo, porque você estava pensando na felicidade dele e na minha.

ROBERT (*inclinando-se para mais perto dela*) — Não, Bertha. Eu não estava. E a minha traição foi essa. Eu estava pensando só em mim. Que você ia ficar longe dele quando ele tivesse ido embora, e ele de você. Nesse momento eu teria oferecido a você o meu presente. Agora você sabe qual ele era. O presente simples e comum que os homens dão às mulheres. Talvez não seja o melhor. Mas, bom ou mau, ele teria sido seu.

BERTHA (*se afastando dele*) — Ele não aceitou o seu conselho.

ROBERT (*como antes*) — Não. E na noite em que vocês fugiram juntos, ah como eu me senti feliz!

BERTHA (*apertando-lhe as mãos*) — Tenha calma, Robert. Eu sei que você sempre gostou de mim. Por que não me esqueceu?

ROBERT (*sorri com amargura*) — Como fiquei feliz quando eu voltei pelo cais e vi longe o barco iluminado, descendo o rio negro, levando você pra longe de mim! (*Num tom de voz mais calmo.*) Mas por que você o escolheu? Não sentia nada por mim?

BERTHA — Sentia. Eu gostava de você porque você era amigo dele. A gente sempre falava de você. Sempre. Cada vez que você escrevia, ou mandava jornais e livros pro Dick. E ainda gosto de você, Robert. (*Olhando-o bem nos olhos.*) Nunca esqueci você.

ROBERT — Nem eu esqueci você. Eu sabia que ia vê-la de novo. Na mesma noite em que você partiu, eu já sabia que você ia voltar. E foi por isso que eu escrevi e trabalhei... pra ver você de novo... aqui.

BERTHA — E aqui estou. Você tinha razão.

ROBERT (*lentamente*) — Nove anos. Nove vezes mais bela!

BERTHA (*sorrindo*) — De verdade? O que você vê em mim?

ROBERT (*fixando o olhar nela*) — Uma mulher estranha e linda.

BERTHA (*quase aborrecida*) — Oh, por favor, não diga que eu sou assim!

ROBERT (*com veemência*) — Você é mais. Uma rainha jovem e linda.

BERTHA (*com uma gargalhada súbita*) — Oh, Robert!

ROBERT (*baixando o tom de voz e se inclinando mais para ela*) — Mas você não sabe que você é um ser humano maravilhoso? Não sabe que tem um corpo lindo? Lindo e jovem!

BERTHA (*com gravidade*) — Um dia eu vou ficar velha.

ROBERT (*num gesto negativo da cabeça*) — Não consigo imaginar. Nesta noite, você é jovem e bela. Nesta noite, você voltou pra mim. (*Apaixonadamente.*) Quem sabe o que vai ser amanhã? Eu posso não ver você nunca mais. Ou posso nunca mais ver você como eu vejo agora.

BERTHA — E você sofreria com isso?

ROBERT (*olha ao redor a sala, sem responder*) — Esta sala e esta hora foram criadas para que você viesse. Quando você for embora... nada mais existirá.

BERTHA (*com ansiedade*) — Mas você vai me ver de novo, Robert... como antes.

ROBERT (*olha dentro dos olhos dela*) — Pra fazê-lo sofrer... ele, o Richard.

BERTHA — Ele não sofre.

ROBERT (*baixando a cabeça*) — Sim, sim. Ele sofre.

BERTHA — Ele sabe que nós gostamos um do outro. Há algum mal nisso?

ROBERT (*erguendo a cabeça*) — Não, não há nenhum. Por que não deveríamos gostar um do outro? Ele ainda não sabe o que eu sinto. Ele nos deixou sozinhos aqui, esta noite, agora, porque ele quer saber... ele está ansioso pra se libertar.

BERTHA — Do quê?

ROBERT (*aproxima-se dela e lhe aperta o braço enquanto fala*) — De toda lei, Bertha, de todos os laços. Ele lutou a vida inteira pra se libertar. Ele cortou todas as amarras, menos uma: a que nós temos que cortar, Bertha. Você e eu.

BERTHA (*de maneira quase inaudível*) — Tem certeza?

ROBERT (*de maneira ainda mais ardente*) — Tenho certeza de que nenhuma lei humana é sagrada diante do impulso da paixão. (*Quase furiosamente.*) Quem é que nos fez para uma única pessoa? É um crime contra o nosso próprio ser. Os impulsos não conhecem nenhuma lei. As leis são para os escravos. Bertha, diga meu nome! Me deixe ouvir você pronunciá-lo. De maneira suave!

BERTHA (*suavemente*) — Robert!

ROBERT (*passa-lhe o braço em torno dos ombros*) — Só o impulso para a juventude e a beleza é que nunca morre. (*Ele aponta para o pórtico.*) Escute!

BERTHA (*alarmada*) — O quê?

ROBERT — O barulho da chuva. A chuva de verão caindo sobre a terra. A chuva noturna. A sombra, o calor e a torrente da paixão. Nesta noite a terra é amada — amada e possuída. Os braços do amante estão ao redor dela: e ela está em silêncio. Fale, querida!

BERTHA (*de súbito se inclina para a frente e escuta com atenção*) — Psiiiu!

ROBERT (*escutando, sorri*) — Nada. Ninguém. Estamos sozinhos.

Uma rajada de vento sopra através do pórtico; ouve-se o farfalhar das folhas. A chama da lamparina dardeja.

BERTHA (*apontando a lamparina*) — Olha!

ROBERT — É só o vento. A luz do outro quarto é suficiente.

Ele estende a braço e apaga a lamparina sobre a mesa. A luz que dimana da porta do quarto atravessa o lugar onde estão sentados. A sala está bastante escura.

ROBERT — Está feliz? Me diga.

BERTHA — Eu já vou, Robert. Está muito tarde. Contente-se com isso.

ROBERT (*acariciando-lhe o cabelo*) — Ainda não, ainda não. Me diga: você me ama pelo menos um pouquinho?

BERTHA — Gosto de você, Robert. Acho que você é uma boa pessoa. (*Fazendo menção de se levantar.*) Está satisfeito?

ROBERT (*detendo-a, beija-lhe o cabelo*) — Não vá, Bertha! Ainda há tempo. Você também me ama? Eu esperei tanto. Você ama a nós dois — a ele e também a mim? Ama, Bertha? Diga a verdade! Me diga. Com os olhos. Ou fale!

Ela não responde. No silêncio, ouve-se a chuva caindo.

TERCEIRO ATO

A sala de estar da casa de Richard Rowan em Merrion. As portas de dois batentes à direita estão fechadas e também as portas envidraçadas que dão para o jardim. As cortinas de veludo verde estão puxadas sobre a janela da esquerda. A sala está na penumbra.

É o começo da manhã do dia seguinte. Bertha se senta junto da janela, e olha por entre as cortinas. Ela veste um penhoar largo da cor do açafrão. Seus cabelos caem soltos sobre as orelhas e estão presos na nuca. Traz as mãos cruzadas no colo. Seu rosto está pálido e sua expressão é de cansaço. Brigid entra pela porta de dois batentes da direita com um espanador e um guarda-pó. Ela está prestes a atravessar a sala mas, ao ver Bertha, pára de repente e se benze instintivamente.

BRIGID — Santo Deus, senhora! Meu coração quase me sai pela boca. Por que se levantou tão cedo?

BERTHA — Que horas são?

BRIGID — Passa das sete, senhora. Faz tempo que se levantou?

BERTHA — Agora há pouco.

BRIGID (*aproximando-se dela*) — Acordou por causa de algum pesadelo?

BERTHA — Não dormi a noite toda. Por isso levantei pra ver o sol nascer.

BRIGID (*abre as portas envidraçadas*) — A manhã está linda, depois daquela chuva toda. (*Volta-se.*) Mas a senhora deve estar morta de cansaço. O que o senhor vai dizer quando ele souber o que a senhora fez? (*Vai até a porta do escritório e bate.*) Senhor Richard!

BERTHA (*olha ao redor*) — Não está. Faz uma hora que ele saiu.

BRIGID — Lá na praia, é?

BERTHA — É.

BRIGID (*vai até ela e se inclina sobre o encosto de uma cadeira*) — A senhora está angustiada com alguma coisa?

BERTHA — Não, Brigid.

BRIGID — Pois não fique. Ele sempre foi desse jeito, andando sozinho sabe-se lá onde. É um sujeito estranho, o senhor Richard. Sempre foi. É verdade, não tem uma mania dele que eu não conheça. A senhora está angustiada agora talvez porque ele passa a metade da noite ali (*apontando para o escritório*) com os livros dele? Deixe ele sozinho. Ele vai voltar pra senhora. Com certeza pra ele os seus olhos são o sol, senhora.

BERTHA (*com tristeza*) — Essa época já se foi.

BRIGID (*como quem faz uma confidência*) — E eu tenho bons motivos pra me lembrar dessa época... quando ele estava fazendo a corte à senhora. (*Ela se senta junto de Bertha: num tom de voz mais baixo.*) A senhora sabe que ele costumava me contar tudo sobre a senhora, e nada pra mãe dele, que Deus a tenha? Suas cartas e tudo o mais.

BERTHA — Como? As cartas que eu mandei pra ele?

BRIGID (*encantada*) — Sim. Eu lembro dele sentado na mesa da cozinha, balançando as pernas e desfiando um rosário de histórias sobre a senhora, ele, a Irlanda e sobre todo tipo de diabrura — pruma velha ignorante como eu. Mas esse sempre foi o jeito dele. Só que, quando ele tinha que enfrentar alguém importante da sociedade, ele se fazia duas vezes mais importante do que a pessoa. (*De repente olha para Bertha.*) A senhora está é chorando? Ah meu Deus, não chore. Bons tempos ainda virão.

BERTHA — Não, Brigid. Isso só acontece uma vez. O resto da vida só serve pra gente ficar lembrando aqueles tempos.

BRIGID (*fica em silêncio por um instante: depois diz com amabilidade*) — A senhora quer uma xícara de chá? Iria lhe fazer bem.

BERTHA — Quero, sim. Mas o leiteiro ainda não passou.

BRIGID — Não. O pequeno Archie me disse pra acordá-lo antes que ele passasse. Ele vai dar um passeio na carroça. Mas sobrou um pouco de ontem à noite. Esquento a água num segundo. Quer um ovinho com o chá?

BERTHA — Não, obrigada.

BRIGID — Nem uma torradinha?

BERTHA — Não, Brigid, obrigada. Só uma xícara de chá.

BRIGID (*atravessa a sala até às portas de dois batentes*) — Faço o chá num segundo. (*Ela pára, se volta e vai até a porta da esquerda.*) Mas antes eu tenho que acordar o pequeno Archie pra que não aconteça um escândalo aqui.

Ela sai pela porta da esquerda. Depois de alguns momentos, Bertha se levanta e dirige-se ao escritório. Ela abre as portas de par em par e olha para dentro. Pode-se ver um cômodo pequeno e desarrumado com muitas estantes e uma grande escrivaninha com papéis, uma lamparina apagada e, diante da mesa, uma cadeira estofada. Ela fica de pé por alguns momentos à entrada, depois fecha a porta sem entrar no escritório. Ela volta para a sua cadeira ao pé da janela e se senta.

Archie, vestido como antes, entra pela porta da direita, seguido de Brigid.

ARCHIE (*aproxima-se dela e, dando-lhe o rosto para que ela o beije, diz*) — *Buon giorno, mamma*!

BERTHA (*beijando-o*) — *Buon giorno*, Archie! (*Para Brigid.*) Você pôs nele uma malha debaixo dessa roupa?

BRIGID — Ele não me deixou, senhora.

ARCHIE — Eu não estou com frio, mamãe.

BERTHA — Eu disse que era pra pôr, não disse?

ARCHIE — Mas, cadê o frio?

BERTHA (*tira um pente da cabeça e lhe penteia os cabelos para trás em ambos os lados*) —Ainda está com olhos de sono.

BRIGID — Ele foi pra cama logo depois que a senhora saiu ontem à noite.

ARCHIE — Sabe, mamãe, ele vai deixar eu conduzir.

BERTHA (*colocando de novo o pente no cabelo, abraça-o de repente*) — Oh, que homem grande pra conduzir um cavalo!

BRIGID — Bem, de qualquer jeito ele é louco por cavalos.

ARCHIE (*soltando-se*) — Vou fazer ele trotar. Você vai ver da janela, mamãe. Com o chicote. (*Ele faz o gesto de estalar um chicote e grita com toda a força.*) *Avanti*!

BRIGID — Você vai bater no pobre do cavalo, vai?

BERTHA — Venha cá, vou limpar a sua boca. (*Ela tira um lenço do bolso do roupão, umedece-o com a língua e limpa-lhe a boca.*) Todo encardido! Mas que menininho mais sujo!

ARCHIE (*repete, rindo*) — Encardido! O que é que é "encardido"?

Ouve-se o barulho da vasilha de leite contra a cerca diante da janela.

BRIGID (*puxa as cortinas e olha*) — Olha ele aí!

ARCHIE (*rapidamente*) — Espere. Já estou pronto. Até logo, mamãe! (*Ele a beija apressadamente e dá meia volta para sair.*) O papai já levantou?

BRIGID (*pega-o pelo braço*) — Agora venha comigo.

BERTHA — Tome cuidado, Archie, e não volte tarde caso contrário eu não vou deixar você ir nunca mais.

ARCHIE — Está bem. Olhe da janela pra você me ver. Até logo.

Brigid e Archie saem pela porta da esquerda. Bertha levanta-se, puxando as cortinas ainda mais, fica à janela, olhando para fora. Ouve-se abrir a porta do vestíbulo: então ouve-se um leve ruído de vozes e vasilhas. A porta se fecha. Depois de alguns momentos, vê-se Bertha acenando alegre em saudação. Brigid entra e se posta atrás dela, olhando por sobre seu ombro.

BRIGID — Veja como ele monta! Mais sério impossível.

BERTHA (*de repente, afastando-se da janela*) — Saia da janela. Não quero que me vejam.

BRIGID — Por que, senhora? O que está acontecendo?

BERTHA (*atravessando a sala rumo à porta de dois batentes*) — Diga que eu ainda não me levantei, que não estou bem. Não quero ver ninguém.

BRIGID (*segue-a*) — Quem é, senhora?

BERTHA (*parando*) — Espere um instante.

Ela escuta. Ouve-se alguém batendo à porta do vestíbulo.

BERTHA (*permanece indecisa por um momento: depois*) — Não. Diga que estou em casa.

BRIGID (*em tom de dúvida*) — Aqui?

BERTHA (*apressadamente*) — Sim. Diga que acabei de me levantar.

Brigid sai pela esquerda. Bertha dirige-se à porta envidraçada e mexe nervosamente nas cortinas como se as estivesse arrumando. Ouve-se a porta do vestíbulo se abrir. Em seguida, entra Beatrice Justice e, como Bertha não se volta imediatamente, Beatrice permanece hesitante perto da porta da esquerda. Ela está vestida como antes e tem um jornal na mão.

BEATRICE (*avança rapidamente*) — Senhora Rowan... desculpe-me por vir a essa hora.

BERTHA (*volta-se*) — Bom dia, senhorita Justice. (*Ela vai ao seu encontro.*) Aconteceu alguma coisa?

BEATRICE (*nervosamente*) — Não sei. Isso é o que eu gostaria de lhe perguntar.

BERTHA (*examina-a com curiosidade*) — Você está arfante. Não quer se sentar?

BEATRICE (*sentando-se*) — Obrigada.

BERTHA (*senta-se diante dela: apontando-lhe o jornal*) — Saiu alguma coisa no jornal?

BEATRICE (*ri nervosamente: abre o jornal*) — Saiu.

BERTHA — Sobre o Dick?

BEATRICE — Sim. Aqui está. Um longo artigo, um editorial, do meu primo. Toda a vida dele está aqui. Gostaria de ver?

BERTHA (*pega o jornal e o abre*) — Onde está?

BEATRICE — Nas páginas centrais. O título é: "Um irlandês ilustre".

BERTHA — Ele é... a favor de Dick... ou contra ele?

BEATRICE (*calorosamente*) — Oh, a favor! Leia o que ele fala sobre o senhor Rowan. E eu sei que Robert ficou na cidade até bem tarde ontem à noite pra escrevê-lo.

BERTHA (*com nervosismo*) — Sim. Tem certeza?

BEATRICE — Tenho. Bem tarde. Eu ouvi quando ele chegou. Já passava das duas.

BERTHA (*observando-a*) — E você ficou assustada? Quero dizer, ser acordada a essa hora da madrugada?

BEATRICE — Tenho sono leve. Mas eu sabia que ele tinha vindo do escritório, e aí... eu suspeitei que ele tinha escrito um artigo sobre o senhor Rowan, e que era por isso que ele tinha chegado tão tarde.

BERTHA — Que perspicácia, a sua, em pensar nisso!

BEATRICE — Bem, depois do que aconteceu aqui ontem à tarde... estou me referindo ao que Robert disse... que o senhor Rowan tinha aceitado essa situação. Era natural que eu pensasse que...

BERTHA — Ah, sim. Naturalmente.

BEATRICE (*apressadamente*) — Mas não foi isso que me deixou assustada. Só que logo depois ouvi um barulho no quarto do meu primo.

BERTHA (*amassa o jornal nas mãos, de maneira ofegante*) — Meu Deus! O que é? Me diga.

BEATRICE (*observando-a*) — Por que isso a deixa tão abalada?

BERTHA (*deixando-se cair de novo na cadeira, com um riso forçado*) — Sim, é claro, é ridículo da minha parte. Estou com os nervos totalmente abalados. E além disso dormi muito mal. Por isso é que me levantei tão cedo. Mas me diga o que houve...

BEATRICE — Só o barulho da mala dele sendo arrastada pelo chão. Depois eu o escutei andando pelo quarto, assobiando baixinho. E depois o barulho de ele fechando a mala.

BERTHA — Ele está indo embora...

BEATRICE — Foi isso que me deixou assustada. Tive medo de ele ter brigado com o senhor Rowan, e de que o artigo dele fosse um ataque.

BERTHA — Mas por que é que eles haveriam de brigar? Você notou alguma coisa entre os dois?

BEATRICE — Achei que tinha notado. Certa frieza.

BERTHA — Ultimamente?

BEATRICE — Já faz algum tempo.

BERTHA (*desamassando o jornal*) — Sabe o motivo?

BEATRICE (*de maneira hesitante*) — Não.

BERTHA (*depois de uma pausa*) — Bem, mas se este artigo é a favor dele, como você diz, eles não brigaram. (*Ela reflete por um momento.*) Principalmente se ele foi escrito ontem à noite.

BEATRICE — Sim. Comprei o jornal imediatamente para ver. Mas então por que é que ele está indo embora tão de repente? Sinto que tem alguma coisa errada... que alguma coisa aconteceu entre eles.

BERTHA — Você ficaria triste com isso?

BEATRICE — Muito triste. A senhora sabe, senhora Rowan, Robert é meu primo-irmão, e ia me doer muito se ele tratasse mal o senhor Rowan, agora que ele voltou, ou se eles tivessem uma discussão séria, principalmente porque...

BERTHA (*brincando com o jornal*) — Porque...

BEATRICE — Porque foi o meu primo que sempre insistiu para que o senhor Rowan voltasse. Tenho isso na minha consciência.

BERTHA — Isso deveria era estar na consciência do senhor Hand, não é verdade?

BEATRICE (*de maneira insegura*) — Na minha também. Porque... eu falei ao meu primo sobre o senhor Rowan quando ele estava fora, e, até certo ponto, fui eu que...

BERTHA (*aquiesce lentamente com a cabeça*) — Entendo. E você tem isso na sua consciência. Só isso?

BEATRICE — Acho que sim.

BERTHA (*de maneira quase animada*) — É como se tivesse sido você, senhorita Justice, que tivesse trazido meu marido de volta pra Irlanda.

BEATRICE — Eu, senhora Rowan?

BERTHA — Sim, você. Primeiro com as suas cartas pra ele. E depois falando com o seu primo, como você acabou de dizer. Não acha que você foi quem fez com que ele voltasse?

BEATRICE (*corando de repente*) — Não. Isso nem me passaria pela cabeça.

BERTHA (*observa-a por um momento e depois se volta*) — Você sabe que o meu marido está escrevendo muito desde que ele voltou.

BEATRICE — Está?

BERTHA — Você não sabia? (*Ela aponta para o escritório.*) Ele passa a maior parte da noite lá, escrevendo. Noite após noite.

BEATRICE — No escritório dele?

BERTHA — Escritório ou quarto. Chame do que quiser. Ele dorme lá, também, no sofá. Dormiu lá ontem à noite. Posso mostrar pra você, se não acredita em mim.

Ela se levanta para ir até o escritório. Beatrice faz menção de levantar-se, e gesticula em sinal de recusa.

BEATRICE — Se a senhora está dizendo, é claro que acredito, senhora Rowan.

BERTHA (*sentando-se de novo*) — É. Ele está escrevendo. E deve ser sobre alguma coisa que aconteceu na vida dele ultimamente, desde que nós voltamos para a Irlanda. Alguma mudança. Sabe de alguma mudança que tenha ocorrido na vida dele? (*Examinando-a, cuidadosamente.*) Você sabe, ou pressente alguma coisa?

BEATRICE (*lança-lhe em resposta um olhar firme*) — Senhora Rowan, a senhora não deveria fazer essa pergunta a mim. Se houve alguma mudança na vida dele desde que ele voltou, a senhora é que deveria saber — e pressentir.

BERTHA — Você também poderia saber. É uma pessoa íntima desta casa.

BEATRICE — Não sou a única pessoa íntima da casa.

Por alguns momentos, elas se olham friamente e em silêncio. Bertha deixa de lado o jornal e se senta numa cadeira mais próxima de Beatrice.

BERTHA (*pondo a mão no joelho de Beatrice*) — Então você também me odeia, senhorita Justice?

BEATRICE (*com esforço*) — Odiar você? Eu?

BERTHA (*com insistência, mas de maneira delicada*) — Sim. Você sabe o que significa odiar uma pessoa?

BEATRICE — Por que é que eu haveria de odiá-la? Nunca odiei ninguém.

BERTHA — E alguma vez amou alguém? (*Põe a mão sobre o pulso de Beatrice.*) Me responda. Amou?

BEATRICE (*também com delicadeza*) — Sim. No passado.

BERTHA — Não agora?

BEATRICE — Não.

BERTHA — Pode me dizer isso... com sinceridade? Olhe pra mim.

BEATRICE (*olha para ela*) — Sim. Posso.

Uma pequena pausa. Bertha retira a mão e volta a cabeça com certo embaraço.

BERTHA — Você acabou de dizer que há outra pessoa íntima desta casa. Você estava se referindo ao seu primo... Era ele?

BEATRICE — Era.

BERTHA — Você não o esqueceu?

BEATRICE (*serenamente*) — Eu tentei.

BERTHA (*apertando as mãos*) — Você me odeia. Você acha que eu sou feliz. Se você soubesse como está enganada!

BEATRICE (*com um gesto negativo da cabeça*) — Eu não sei.

BERTHA — Feliz! Se eu não entendo nada do que ele escreve, se não sei ajudá-lo de alguma forma, se nem sequer entendo metade do que ele me diz às vezes... Você é que poderia... e você pode. (*Com emoção.*) Mas eu tenho medo por ele. Medo pelos dois. (*Ela se levanta de repente e se dirige à escrivaninha.*) Ele não precisa ir embora desse jeito. (*Ela tira um bloco de notas da gaveta e escreve algumas linhas com muita pressa.*) Não, é impossível! Será que ficou louco, pra fazer uma coisa dessas? (*Voltando-se para Beatrice.*) Ele ainda está em casa?

BEATRICE (*observando-a com espanto*) — Está. Escreveu pra ele, pedindo que ele venha aqui?

BERTHA (*levanta-se*) — Escrevi. Vou mandar Brigid levar. Brigid!

Ela sai rapidamente pela porta da esquerda.

BEATRICE (*seguindo-a com o olhar, instintivamente*) — Então é verdade!

Ela olha para a porta do escritório de Richard e segura a cabeça com as mãos. Depois, recompondo-se, pega o jornal de sobre a mesinha, abre-o, tira seu estojo de óculos da bolsa e, colocando os óculos, inclina-se para ler.

Richard Rowan entra, vindo do jardim. Ele está vestido como antes, mas usa um chapéu de feltro e carrega uma bengala fina.

RICHARD (*pára à entrada, observando-a por alguns momentos*) — Há demônios (*ele aponta para a praia*) lá. Eu os ouvi tagarelando desde o amanhecer.

BEATRICE (*endireitando-se de um salto*) — Senhor Rowan!

RICHARD — Eu lhe asseguro. A ilha está cheia de vozes. A sua também. "De outro modo eu não poderia vê-lo", ela dizia. E a voz dela. E a voz dele. Mas eu lhe asseguro que é tudo obra dos demônios. Fiz o sinal da cruz ao contrário: isso fez com que eles silenciassem.

BEATRICE (*gaguejando*) — Senhor Rowan, eu vim aqui tão cedo porque... pra lhe mostrar isto... Robert que escreveu... sobre o senhor... ontem à noite...

RICHARD (*tira o chapéu*) — Minha querida senhorita Justice, creio que a senhorita me disse ontem por que vem aqui, e nunca me esqueço de nada. (*Avançando até ela, estende-lhe as mãos.*) Bom dia.

BEATRICE (*de repente tira os óculos e põe-lhe o jornal nas mãos*) — Vim por causa disso. É um artigo sobre o senhor. Robert o escreveu ontem à noite. Não vai lê-lo?

RICHARD (*inclina-se em cortesia*) — Lê-lo, agora? É claro.

BEATRICE (*olha-o desesperada*) — Oh, senhor Rowan, sofro só de olhar para o senhor.

RICHARD (*abre o jornal e lê*) — "A morte do reverendíssimo cônego Mulhall". É isto?

Bertha aparece na porta da esquerda e se põe a escutar.

RICHARD (*vira uma página*) — Sim, aqui estamos nós! "Um irlandês ilustre". (*Ele começa a ler num tom de voz alto e áspero.*) "Um dos problemas vitais, e não o menor, com que nossa pátria se defronta é o de sua atitude para com os seus filhos, que, depois de abandoná-la quando ela passava necessidade, foram chamados de volta a ela, agora, às vésperas de sua tão esperada vitória, a ela, a quem na solidão e no exílio esses filhos por fim aprenderam a amar. Dissemos 'no exílio', mas cabe aqui uma distinção. Há um exílio econômico e outro espiritual. Existem os que deixaram a pátria em busca do pão de que vivem os homens e existem outros, ou melhor, os seus filhos mais favorecidos, que deixaram essa mesma pátria para buscar em outras terras o alimento espiritual sem o qual uma nação de seres humanos não subsistiria. Os que se lembram da vida intelecual de Dublin há dez anos terão muitas recordações do senhor Rowan. Algo daquela indignação feroz que lacerava o coração..."

Ergue o olhar do jornal e vê Bertha à entrada. A seguir ele deixa de lado o jornal e olha para ela. Um longo silêncio.

BEATRICE (*com dificuldade*) — Está vendo, senhor Rowan? Seu grande dia chegou, finalmente. Até mesmo aqui! E veja o amigo afável que é Robert. Um amigo que compreende o senhor.

RICHARD — Você notou a frasezinha no começo: "... os seus filhos, que, depois de abandoná-la quando ela passava necessidade"...?

Lança a Bertha um olhar perscrutador, volta-se e entra em seu escritório, fechando a porta atrás de si.

BERTHA (*falando meio que para si mesma*) — Larguei tudo por ele: religião, família, minha própria paz.

Ela se deixa cair numa poltrona. Beatrice dirige-se até ela.

BEATRICE (*debilmente*) — Mas a senhora não acha também que as idéias do senhor Rowan...

BERTHA (*com amargura*) — Idéias, idéias! Mas as pessoas neste mundo têm outras idéias, ou fingem que têm. Elas são obrigadas a agüentá-lo apesar das idéias dele porque ele é capaz de fazer alguma coisa. Eu, não. Eu não sou nada.

BEATRICE — A senhora está do lado dele.

BERTHA (*com amargura cada vez maior*) — Ah, tolice, senhorita Justice! Eu não passo de uma criatura com a qual ele se enroscou, e o meu filho... esse nome lindo que as pessoas dão pra essas crianças. Você pensa que eu sou de pedra? Acha que eu não vejo isso no olhar delas e no jeito delas quando são obrigadas a me encontrar?

BEATRICE — Não deixe que a humilhem senhora Rowan.

BERTHA (*de maneira arrogante*) — Me humilhem? Se você quer saber, tenho muito orgulho de mim mesma. O que fizeram por ele? Eu fiz dele um homem. E essas pessoas, o que são na vida dele? Só a poeira que ele pisa! (*Ela se levanta e anda nervosamente de um lado para outro.*) Hoje ele pode me desprezar também, como os outros. E você pode me desprezar. Mas vocês nunca vão me humilhar — nenhum de vocês.

BEATRICE — Por que você me acusa?

BERTHA (*precipitando-se para ela impulsivamente*) — Estou sofrendo demais. Me desculpe se eu fui grosseira. Quero que nós sejamos amigas. (*Ela estende-lhe as mãos.*) Você quer?

BEATRICE (*tomando-lhe as mãos*) — De todo o coração.

BERTHA (*olhando para ela*) — Que cílios grandes e bonitos você tem! E os seus olhos, têm uma expressão tão triste!

BEATRICE (*sorrindo*) — Vejo muito pouco com eles. Eles são fracos.

BERTHA (*calorosamente*) — Mas bonitos.

Ela a abraça serenamente e a beija. Depois, afasta-se dela um pouco timidamente. Brigid entra pela esquerda.

BRIGID — Entreguei a ele, senhora.

BERTHA — Ele mandou algum recado?

BRIGID — Ele estava quase saindo, senhora. Me disse pra avisá-la que ele viria em seguida.

BERTHA — Obrigada.

BRIGID (*saindo*) — A senhora quer o chá e as torradas agora?

BERTHA — Agora não, Brigid. Talvez depois. Quando o senhor Hand chegar, mande-o entrar imediatamente.

BRIGID — Sim, senhora.

Ela sai pela esquerda.

BEATRICE — Eu já vou, senhora Rowan, antes que ele chegue.

BERTHA (*de maneira um tanto tímida*) — Então? Somos amigas?

BEATRICE (*no mesmo tom*) — Vamos tentar. (*Voltando-se.*) Possa sair pelo jardim? Não quero me encontrar com o meu primo.

BERTHA — É claro. (*Toma-lhe a mão.*) É tão estranho que nós tenhamos falado hoje dessa forma! Mas eu sempre quis isso. E você?

BEATRICE — Acho que quis, também.

BERTHA (*sorrindo*) — Até mesmo em Roma. Quando eu saía pra passear com Archie, eu costumava pensar em você, em como você era, porque Dick me falava de você. Eu olhava pras pessoas que saíam das igrejas ou que passavam de carro, e pensava que talvez elas fossem como você. Porque Dick me disse que você era morena.

BEATRICE (*outra vez nervosa*) — É mesmo?

BERTHA (*apertando-lhe a mão*) — Adeus — por enquanto.

BEATRICE (*soltando a mão*) — Bom dia.

BERTHA — Vou acompanhá-la até o portão.

Ela a acompanha através das portas envidraçadas. Atravessam o jardim.

Richard Rowan entra, vindo do escritório. Ele pára perto das portas, olhando para o jardim. Então dá meia volta, dirige-se à mesinha, pega o jornal e lê. Bertha, depois de alguns momentos, aparece à entrada e o fica observando até ele terminar. Ele depõe de novo o jornal e volta-se, dirigindo-se para o escritório.

BERTHA — Dick!

RICHARD (*parando*) — O quê?

BERTHA — Você não me dirigiu a palavra.

RICHARD — Não tenho nada pra dizer. Você tem?

BERTHA — Você não quer saber... o que aconteceu ontem à noite?

RICHARD — Isso eu nunca vou saber.

BERTHA — Eu vou lhe dizer se você me perguntar.

RICHARD — Você pode me dizer. Mas eu nunca vou saber. Nunca, neste mundo.

BERTHA (*avançando até ele*) — Vou lhe dizer a verdade, Dick, como sempre. Nunca menti pra você.

RICHARD (*erguendo os braços e cerrando os punhos, num gesto passional*) — Sim, sim. A verdade! Mas saiba que eu nunca vou saber.

BERTHA — Por que você me deixou ontem à noite?

RICHARD (*com amargura*) — Quando você passava necessidade.

BERTHA (*de maneira ameaçadora*) — Foi você que me levou a isso. Não porque você me ama. Se amasse, ou se soubesse o que é o amor, você não teria me deixado. Se foi você que me levou a agir assim, isso foi em seu próprio benefício.

RICHARD — Eu não criei a mim mesmo. Eu sou o que sou.

BERTHA — Pra poder sempre jogar isso na minha cara. Pra poder me humilhar como sempre fez. Pra você ser livre. (*Apontando para o jardim.*) Com ela! Esse é o seu amor! Tudo o que você diz é mentira.

RICHARD (*controlando-se*) — É inútil pedir a você que me escute.

BERTHA — Escutar! Ela é que foi feita pra escutar. Por que você ia perder o seu tempo comigo? Fale com ela.

RICHARD (*faz um gesto positivo com a cabeça*) — Compreendo. Você a afastou de mim, agora, como fez com todos os que estavam do meu lado — com cada amigo que eu tive, cada ser humano que tentou se aproximar de mim. Você a odeia.

BERTHA (*com veemência*) — Não é nada disso! Acho que você fez dela uma mulher infeliz, como fez comigo e com a sua falecida mãe, que você matou. Assassino de mulheres! Esse é o seu nome.

RICHARD (*volta as costas para sair*) — *Arrivederci*!

BERTHA (*agitada*) — Ela é um caráter nobre e elevado. Gosto dela. É tudo o que eu não sou — por nascimento e educação. Você tentou acabar com a vida dela, mas não conseguiu. Porque ela está à sua altura — eu não. E você sabe disso.

RICHARD (*quase gritando*) — Por que diabo você está falando dela?

BERTHA (*apertando as mãos*) — Oh, como eu queria nunca ter conhecido você! Como eu amaldiçôo aquele dia!

RICHARD (*com amargura*) — Estou atrapalhando sua vida, não estou? Você gostaria de ser livre, agora. Você só tem que dizer uma palavra.

BERTHA (*com orgulho*) — Quando você quiser, estou pronta.

RICHARD — Pra você poder encontrar o seu amante... livremente.

BERTHA — Sim.

RICHARD — Noite após noite?

BERTHA (*com um olhar fixo num ponto à frente e falando com intensa paixão*) — Encontrar o meu amante! (*Estendendo os braços à frente.*) Meu amante! Sim! Meu amante!

Ela de repente irrompe em lágrimas e se deixa cair numa cadeira, cobrindo o rosto com as mãos. Richard se aproxima dela lentamente e lhe põe a mão sobre o ombro.

RICHARD — Bertha! (*Ela não responde.*) Bertha, você é livre.

BERTHA (*afasta-lhe a mão e se levanta bruscamente*) — Não ponha a mão em mim! Você é um estranho pra mim. Você não compreende nada... nada do que se passa no meu coração nem na minha alma. Um estranho! Eu vivo com um estranho!

Ouve-se bater à porta do vestíbulo. Bertha enxuga rapidamente os olhos com o lenço e recompõe o roupão. Richard escuta por um momento, lança-lhe um olhar penetrante e, voltando-se, dirige-se ao escritório.

Robert Hand entra pela esquerda. Veste um terno de tweed *marrom-escuro e traz na mão um chapéu tirolês marrom.*

ROBERT (*fechando a porta sem fazer ruído atrás de si*) — Você mandou me chamar.

BERTHA (*levanta-se*) — Mandei. Está maluco? Como você pode partir desse jeito — sem vir aqui nem dizer nada?

ROBERT (*avançando até a mesa onde está o jornal, lança um olhar a ele*) — Tudo o que eu tenho pra dizer está aqui.

BERTHA — Quando você escreveu o artigo? Ontem à noite... depois que eu fui embora?

ROBERT (*de maneira graciosa*) — Para ser exato, escrevi parte dele... mentalmente... antes de você ir. O resto — a pior parte — escrevi depois. Muito mais tarde.

BERTHA — E você conseguiu escrever ontem à noite!

ROBERT (*dá de ombros*) — Sou um animal bem-adestrado. (*Ele se aproxima dela.*) Passei uma noite longa e erradia depois... no meu escritório, na casa do reitor, num cabaré, nas ruas, no meu quarto. Sua imagem estava sempre diante dos meus olhos, sua mão na minha mão. Bertha, nunca mais vou esquecer a noite de ontem. (*Ele depõe o chapéu sobre a mesa e segura-lhe a mão.*) Por que você não olha pra mim? Não posso tocá-la?

BERTHA (*aponta para o escritório*) — Dick está aí.

ROBERT (*solta-lhe a mão*) — Nesse caso, as crianças devem se comportar.

BERTHA — Para onde está indo?

ROBERT — A terras estrangeiras. Ou seja, para a casa do meu primo Jack Justice, aliás Doggy Justice, em Surrey. Ele tem uma bela casa de campo lá e o ar é saudável.

BERTHA — Por que está indo?

ROBERT (*olha para ela em silêncio*) — Não imagina um motivo?

BERTHA — Por minha causa?

ROBERT — É. Não é agradável pra mim continuar aqui neste momento.

BERTHA (*senta-se, com ar de desamparo*) — Mas isso é cruel da sua parte, Robert. Cruel pra mim e pra ele também.

ROBERT — Ele perguntou... o que aconteceu?

BERTHA (*juntando as mãos em desespero*) — Não. Ele se recusa a me perguntar o que quer que seja. Diz que nunca vai saber.

ROBERT (*com aprovação grave*) — Richard tem razão. Ele sempre tem razão.

BERTHA — Robert... você tem que falar com ele.

ROBERT — O que você quer que eu diga pra ele?

BERTHA — A verdade! Tudo!

ROBERT (*reflete*) — Não, Bertha. Eu sou um homem falando a outro homem. Não posso lhe contar tudo.

BERTHA — Ele vai achar que você está indo embora porque está com medo de encará-lo depois do que houve ontem à noite.

ROBERT (*depois de uma pausa*) — Enfim, não sou mais covarde do que ele. Vou falar com ele.

BERTHA (*levanta-se*) — Vou chamá-lo.

ROBERT (*segurando-a pela mão*) — Bertha! O que é que aconteceu ontem à noite? Qual é a verdade que eu devo contar pra ele? (*Olha-a avidamente dentro dos olhos.*) Você foi minha nessa noite de amor sagrada? Ou eu sonhei?

BERTHA (*com ligeiro sorriso*) — Lembre-se do seu sonho comigo. Você sonhou que eu fui sua ontem à noite.

ROBERT — E essa é a verdade: um sonho? É isso o que eu tenho que contar?

BERTHA — É.

ROBERT (*beija-lhe as mãos*) — Bertha! (*Num tom de voz mais suave.*) Em toda a minha vida, só esse sonho é real. Do resto eu não me lembro. (*Volta a beijar-lhe as mãos.*) E agora eu posso contar a verdade pra ele. Vá chamá-lo.

Bertha vai até a porta do escritório de Richard e bate. Não há resposta. Ela volta a bater.

BERTHA — Dick! (*Não há resposta.*) O Senhor Hand está aqui. Ele quer falar com você, lhe dizer adeus. Ele está indo embora. (*Não há resposta. Ela bate ruidosamente a mão na almofada da porta e chama num tom de voz inquieto.*) Dick! Me responda!

Richard Rowan sai do escritório. Vai direto até Robert mas não lhe estende a mão.

RICHARD (*serenamente*) — Obrigado pelo seu artigo gentil sobre mim. É verdade que você veio pra dizer adeus?

ROBERT — Você não tem que me agradecer por nada, Richard. Sou e sempre fui seu amigo. Agora mais do que nunca. Acredita em mim, Richard?

Richard senta-se numa cadeira e esconde o rosto entre as mãos. Bertha e Robert olham-se fixamente em silêncio. Então, ela se volta e sai calmamente pela direita. Robert se dirige a Richard e pára perto dele, pousando as mãos no espaldar de uma cadeira, e olhando para ele. Há um longo silêncio.

Ouve-se uma vendedora de peixes apregoando enquanto passa na rua.

A VENDEDORA DE PEIXES — Arenque fresco da baía de Dublin! Arenque fresco da baía de Dublin! Arenque da baía de Dublin!

ROBERT (*com calma*) — Vou lhe dizer a verdade, Richard. Está ouvindo?

RICHARD (*ergue o rosto e se inclina para trás para ouvir*) — Sim.

Robert se senta na cadeira ao lado dele. Ouve-se a vendedora de peixes apregoando mais longe.

A VENDEDORA DE PEIXES — Arenque fresco! Arenque da baía de Dublin!

ROBERT — Eu fracassei, Richard. Essa é a verdade. Você acredita em mim?

RICHARD — Estou ouvindo.

ROBERT — Fracassei. Ela é sua como há nove anos, quando você a encontrou pela primeira vez.

RICHARD — Quando nós a encontramos pela primeira vez, você quer dizer.

ROBERT — Sim. (*Baixa os olhos por alguns momentos.*) Posso continuar?

RICHARD — Vá em frente.

ROBERT — Ela foi embora. Me deixou sozinho... pela segunda vez. Fui jantar na casa do reitor. Eu disse a ele que você estava doente e que iria numa outra noite. Fiz epigramas, antigos e recentes — inclusive aquele sobre as estátuas. Bebi uma taça de clarete. Fui para o meu escritório e escrevi meu artigo. Depois...

RICHARD — Depois?

ROBERT — Depois fui até um certo cabaré. Havia homens... e também mulheres. Pelo menos pareciam mulheres. Dancei com uma delas. Ela me pediu pra acompanhá-la até a casa dela. Continuo?

RICHARD — Sim.

ROBERT — Fomos de táxi. Ela vive perto de Donny Brook. No táxi aconteceu o que o sutil Duns Scotus chama de uma morte do espírito. Continuo?

RICHARD — Sim.

ROBERT — Ela chorou. Me disse que era divorciada de um advogado. Quando ela me disse que estava sem dinheiro, dei-lhe um soberano. Ela não quis aceitá-lo e chorou ainda mais. Depois bebeu um pouco de água de melissa de uma garrafinha que ela tinha na bolsa. Esperei que ela entrasse em casa e fui embora a pé. No meu quarto percebi que o meu casaco estava todo manchado de água de melissa. Ontem eu não tive sorte nem com os meus casacos: esse foi o segundo. Então tive a idéia de trocar de terno e partir no barco da manhã. Fiz a mala e fui pra cama. Parto no primeiro trem, para a casa do meu primo Jack Justice, em Surrey. Talvez por uns quinze dias. Talvez mais. Está muito decepcionado?

RICHARD — Por que você não tomou o barco?

ROBERT — Dormi e perdi a hora.

RICHARD — Você pretendia partir sem dizer adeus? Sem vir aqui?

ROBERT — Pretendia.

RICHARD — Por quê?

ROBERT — Minha história não é muito bonita, não é?

RICHARD — Mas você veio.

ROBERT — Bertha me mandou um recado pra que viesse.

RICHARD — Se não fosse por isso...?

ROBERT — Se não fosse por isso eu não teria vindo.

RICHARD — Não lhe ocorreu que, se você tivesse partido sem vir aqui, eu teria interpretado as coisas... do meu modo?

ROBERT — Sim, me ocorreu.

RICHARD — Então, você quer que eu acredite em quê?

ROBERT — Quero que você acredite que eu fracassei. Que Bertha é sua agora como foi há nove anos, quando você... quando nós... a encontramos pela primeira vez.

RICHARD — Quer saber o que eu fiz?

ROBERT — Não.

RICHARD — Voltei pra casa imediatamente.

ROBERT — Ouviu quando Bertha chegou?

RICHARD — Não. Escrevi a noite toda. E pensei. (*Apontando para o escritório.*) Ali. Antes que o dia amanhecesse eu saí e andei pela praia de ponta a ponta.

ROBERT (*sacudindo a cabeça*) — Sofrendo; se torturando.

RICHARD — Ouvindo vozes ao meu redor. As vozes dos que dizem que me amam.

ROBERT (*aponta para a porta da direita*) — Ali tem uma. A minha, também?

RICHARD — Tem mais uma.

ROBERT (*sorri e toca-lhe a fonte com o indicador direito*) — Certo. A minha interessante, mas um pouco melancólica, prima. E o que essas vozes lhe disseram?

RICHARD — Que eu perdesse todas as esperanças.

ROBERT — Maneira estranha de demonstrar amor, é preciso dizer! E você vai perder as esperanças?

RICHARD (*levantando-se*) — Não.

Ouve-se um ruído na janela. Vê-se o rosto de Archie achatado contra uma das vidraças. Ele grita.

ARCHIE — Abram a janela! Abram a janela!

ROBERT (*olha para Richard*) — Ouviu a voz dele também, Richard, junto com a dos outros... lá na praia? A voz do seu filho? (*Sorrindo.*) Ouça! Veja como está cheia de desespero!

ARCHIE — Vão abrir a janela, ou não?

ROBERT — É possível que ali, Richard, esteja a liberdade que nós procuramos — você de uma forma, eu de outra. Nele, e não em nós. Talvez...

RICHARD — Talvez...?

ROBERT — Eu disse *talvez*. Eu diria com certeza, se...

RICHARD — Se o quê?

ROBERT (*com um ligeiro sorriso*) — Se ele fosse meu filho.

Ele vai até a janela e a abre. Archie sobe na janela e entra.

ROBERT — Como ontem, hein?

ARCHIE — Bom dia, senhor Hand! (*Corre até Richard e o beija.*) *Buon giorno, babbo*!

RICHARD — *Buon giorno*, Archie.

ROBERT — E onde você estava, meu nobre amiguinho?

ARCHIE — Saí com o leiteiro. Conduzi o cavalo. Nós fomos até Booterstown. (*Ele tira o boné e o atira numa cadeira.*) Estou morrendo de fome.

ROBERT (*pega o chapéu de sobre a mesa*) — Adeus, Richard. (*Estendendo-lhe a mão.*) Até a próxima!

RICHARD (*toca-lhe a mão*) — Adeus.

Bertha aparece, vindo da porta da direita.

ROBERT (*ele a vê: para Archie*) — Pegue o seu boné. Vamos. Vou lhe comprar um doce e lhe contar uma história.

ARCHIE (*para Bertha*) — Posso, mamãe?

BERTHA — Pode.

ARCHIE (*pega o boné*) — Estou pronto.

ROBERT (*a Richard e Bertha*) — Diga até logo ao papai e à mamãe. Mas não um grande até logo.

ARCHIE — Vai me contar um conto de fadas, senhor Hand?

ROBERT — Um conto de fadas? Por que não? Eu sou a sua "fada-padrinho".

Eles saem juntos pela porta envidraçada e vão para o jardim. Quando se vão, Bertha aproxima-se de Richard e passa-lhe o braço em torno da cintura.

BERTHA — Dick querido, agora você acredita que eu fui leal a você? Ontem à noite e sempre?

RICHARD (*com tristeza*) — Não me pergunte, Bertha.

BERTHA (*abraçando-o com mais força*) — Fui, querido. Com certeza você acredita em mim. Dei tudo de mim a você... tudo. Renunciei a tudo por você. Você me tomou... e você me abandonou.

RICHARD — Quando é que eu a abandonei?

BERTHA — Me abandonou: e eu esperei que você voltasse pra mim. Dick querido, venha aqui. Sente-se. Você deve estar tão cansado!

Leva-o até o sofá. Ele se senta, quase reclinando-se, apoiado num dos braços. Ela se senta no tapete diante do sofá, segurando-lhe a mão.

BERTHA — Sim, querido. Esperei por você. Deus meu, como eu sofri quando nós vivíamos em Roma! Você se lembra do terraço da nossa casa?

RICHARD — Me lembro.

BERTHA — Eu costumava me sentar lá, esperando, com o pobre do menino com os brinquedos dele, esperando até ele ter sono. Dava pra eu ver todos os telhados da cidade e o rio, o Tevere. Qual o nome dele?

RICHARD — O Tibre.

BERTHA (*acariciando o próprio rosto com a mão dele*) — Era maravilhoso, Dick... só que eu estava tão triste. Eu estava sozinha, Dick, esquecida por você e por todos. Eu achava que a minha vida tinha terminado.

RICHARD — Nem sequer tinha começado.

BERTHA — E eu ficava olhando o céu, tão belo, sem uma nuvem, e a cidade que você disse que era tão velha: e então eu ficava pensando na Irlanda e em nós...

RICHARD — Em nós?

BERTHA — É. Em nós. Não passa um dia sem que eu veja a nós mesmos, você e eu, do modo como nós éramos quando nos conhecemos. Vejo isso todos os dias da minha vida. Eu não fui leal com você todo esse tempo?

RICHARD (*suspira profundamente*) — Foi, Bertha. Você foi minha noiva do exílio.

BERTHA — Para onde quer que você vá, vou seguir você. Se você quiser ir embora agora, vou com você.

RICHARD — Vou ficar aqui. Ainda é muito cedo pra eu perder as esperanças.

BERTHA (*de novo acariciando-lhe a mão*) — Não é verdade que eu quero afastar todos de você. Eu queria unir vocês... você e ele. Fale comigo. Abra o seu coração pra mim: o que você sente e o que você sofre.

RICHARD — Estou ferido, Bertha.

BERTHA — Como, "ferido", meu amor? Me explique o que você quer dizer. Vou tentar entender tudo o que você diz. De que maneira você está ferido?

RICHARD (*retira a mão e, segurando-lhe a cabeça entre as mãos, inclina-a para trás e olha no fundo dos olhos dela*) — Eu tenho uma ferida profunda, profunda, de dúvida, na minha alma.

BERTHA (*imóvel*) — Dúvida de mim?

RICHARD — Sim.

BERTHA — Eu sou sua. (*Num murmúrio.*) Se eu morresse agora, seria sua.

RICHARD (*ainda lançando-lhe um olhar fixo e falando como que para alguém ausente*) — Eu feri a minha alma por sua causa... uma ferida profunda de dúvida, que não pode ser curada. Nunca vou poder saber, nunca, neste mundo. Eu não quero saber, nem acreditar. Não me importo. Não é nas trevas da fé que eu desejo você. Mas na febre e na tortura da dúvida que não cessa. Reter você sem usar nenhum laço, nem o do amor, pra me unir a você em corpo e alma, em nudez total... Era isso o que eu queria. E agora eu estou cansado, Bertha. Minha ferida me cansa.

Ele deita ao comprido e com ar fatigado sobre o sofá. Bertha, ainda segurando-lhe a mão, fala muito ternamente.

BERTHA — Me esqueça, Dick. Me esqueça, e me ame de novo como na primeira vez. Eu quero o meu amante; quero encontrá-lo, quero ir até ele, me entregar a ele. A você, Dick. Oh, meu amante estranho, desvairado... Volte pra mim!

Ela fecha os olhos.

NOTAS

Para a elaboração das notas para a peça e para os apontamentos de Joyce no Apêndice I, valho-me basicamente da edição inglesa organizada por J.C.C. Mays Poems and Exiles, *Londres, Penguin Books, 1992, bem como da edição francesa a cargo de Jacques Albert,* James Joyce, Oeuvres, *França, Éditions Gallimard, 1982.*

Título: Em inglês, "*exiles*" significa tanto "exilados" como "exílios".

A obra é ambientada no "verão de 1912", ano em que Joyce levou Nora e os filhos para a Irlanda a fim de tentar, em vão, assegurar por meio de um contrato com a Maunsel and Co. que o livro *Dublinenses* fosse publicado, e ver a possibilidade de ser professor em sua antiga universidade, mas, ao que tudo indica, boa parte dos elementos que compõem a intriga foram inspirados em fatos ocorridos no começo da relação entre Joyce e Nora Barnacle, quando da decisão dele quanto a deixar sua pátria e da fuga de ambos para se casarem, ou mesmo em fatos da vida de Nora em Galway num período anterior. A peça parece uma tentativa de exorcizar a lembrança dos sentimentos de ciúme que atormentaram Joyce em sua primeira volta à Irlanda em 1909, sentimentos exacerbados em sua última visita ao país em 1912.

Os fatos são bem conhecidos. Assim que o navio de Joyce atracou no cais de Kingstown em julho de 1909, Joyce viu seu amigo Oliver Gogarty, um cirurgião com veleidades literárias, com quem se havia encontrado pela última vez na torre Martello, em 19 de setembro de 1904, dia em que deu-se a ruptura entre ambos, em virtude de uma brincadeira grosseira que Gogarty fez com Joyce.

Se o contato com Gogarty, porém, foi marcado por problemas, ainda mais dificultoso foi o encontro com Vincent Cosgrave, que fora um amigo muito próximo de Joyce por longo tempo e que, segundo Ellmann, teria fornecido, por seu temperamento sarcástico e indolente, o modelo da personagem Lynch, companheiro de caminhadas de Stephen, tanto em *Um retrato* como em *Ulisses.*

Na verdade, foi com Cosgrave que Joyce caminhava quando encontrou e conversou pela primeira vez com Nora Barnacle, na Leinster Street. Até então, Joyce via em Cosgrave um amigo leal, mas seu ponto de vista mudou quanto a isso quando certa feita Cosgrave declarou que nas noites de 1904 em que Nora dizia a Joyce que precisava ir trabalhar e, portanto, que não podia se encontrar com o escritor, ela estava, na verdade, tendo encontros furtivos com Cosgrave. Imediatamente, Joyce escreveu a Nora para saber se aquilo era verdade, e depois consultou sobre o assunto um outro amigo, J.F. Byrne (que serviria de modelo para a personagem Cranly). Byrne, que "tinha um gosto pela conspiração tão vivo quanto o de Joyce, logo sugeriu que Cosgrave estava mancomunado com Gogarty para deixar Joyce com o moral lá embaixo". Por intermédio de seu irmão, no entanto, Joyce teve a confirmação das tentativas de aproximação de Cosgrave quanto a Nora, mas também da recusa de Nora quanto ao pretendente. E Ellmann acrescenta: "Quando Joyce percebeu o grau de animosidade que devia estar por trás da história inventada por Cosgrave, seu ciúme e raiva se aplacaram, mas sem desaparecer. A situação foi artisticamente decisiva: estabeleceu uma relação entre a traição de seu país, que Joyce sentia ter sofrido no exílio voluntário, e a traição do amigo com sua mulher".

Personagens

Richard Rowan

Mays dá como referência para a discussão das origens do nome Ruth Bauerle, "Two Unnoticed Musical Allusions", *James Joyce Quarterly* IX (outono de 1971), pp. 140-2, e "Some *Mots* on a Quickbeam in Joyce's Eye", *James Joyce Quarterly* X (primavera de 1973), pp. 346-8, origens atribuídas à canção de lady Nairne, "O, Rowan Tree", e à história e folclore da Irlanda. O sobrenome Rowan se associa a "rowan tree", "sorveira-brava", uma árvore eurasiana da família da maçã com pomos vermelhos semelhantes a bagos. Ele também se liga a Archibald Hamilton Rowan (ver p. 97). O nome Rowan também pode sugerir certo sentido subliminar de firmeza e comando associada a "rower", "remador" ou "capitão". Aubert observa que a sorveira-brava está associada ao mês de fevereiro no folclore irlandês, e que isso para Joyce tinha um valor pessoal (ele nasceu em 2 de fevereiro).

Archie

Ver p. 97 sobre Archibald Hamilton Rowan.

Robert Hand

O nome se associa a Robert Prezioso, que fora amigo e aluno de Joyce e editor de *Il Piccolo della Sera*, o jornal de Trieste, por meio de que Prezioso encomendou a Joyce uma série de artigos sobre a Irlanda. Prezioso costumava visitar a casa dos Joyce. Certa feita, Prezioso tentou seduzir Nora, e Joyce, ao tomar conhecimento do fato, ficou com ciúme, foi atrás de Prezioso e lhe passou um sermão. Diz-se que Prezioso começou a chorar. O nome Robert também se liga a "robber", "ladrão", e o sobrenome Hand, por sua vez, pode estar relacionado a "hand", "mão", conferindo à personagem o sentido subliminar de "manipulador". Ellmann afirma que Robert Hand tem um pouco de Cosgrave, Gogarty, Prezioso e Kettle, este um amigo de Joyce que viria a se casar com Mary Sheehy, por quem Joyce nutriu um amor romântico por algum tempo.

BEATRICE

O nome se liga a Beatriz Portinari, o amor não consumado de Dante Alighieri. Dante veio a conhecê-la em Florença, quando os dois tinham nove anos, em 1274, mas só a reencontrou nove anos depois, em 1283.

PRIMEIRO ATO

P. 65: *Merrion, um bairro afastado de Dublin* — Merrion é uma região um tanto indeterminada ao sul e no interior de Sandymount.

P. 66: *Youghal* — Uma cidade à beira-mar ao sul de Cork.

P. 69: *Eu não poderia ver você...* — A pergunta de Richard e a resposta de Beatrice são um eco de uma passagem em *Giacomo Joyce.* Mays afirma que o "livro de esboços" a que Richard alude anteriormente no diálogo se liga à recordação dos sentimentos dele por Amalia Popper.

P. 73: *Enquanto ela viveu* — Aubert compara essa passagem a um trecho do capítulo 5 em que Stephen e Cranly conversam: "Que outra coisa mais é insegura neste monturo fétido de um mundo, garanto que um amor de mãe não é". (Tradução de Bernardina Silveira Pinheiro.)

P. 74: *Nosso filho sem Deus e sem nome* — Joyce teve de suportar as más línguas de Dublin quando Giorgio, seu filho, nasceu em 1905 porque o escritor se recusou a batizá-lo e a se casar com Nora, ambas as coisas vindo a ocorrer pos-teriormente. Numa carta de Joyce a Stanislaus, datada de 1º de setembro de 1905, ou seja, mais de um mês depois do nascimento de Giorgio, lê-se: "O menino ainda não tem nome".

P. 75: *Ir ao teatro pra ouvir* Carmen — Lembra Mays que a anedota deriva de uma contada pelo avô de Joyce, enquanto ele morria em 1866.

P. 76: *Minha querida prima!* (*My dearest coz,*, em inglês) — Cf. *Macbeth* Ato IV, Cena ii, 14. Mays lembra que a peça de Shakespeare apresenta um contexto relacionado a falsas boas-vindas e traições.

P. 82: *A alameda* — Mays afirma que se trata ou da Mount Merrion Avenue ou Carysford Avenue, onde Joyce viveu entre 1892 e 1893.

P. 82: *Sempre penso em você* — Aubert compara a fala com um trecho de "Os mortos": "Ele perguntou a si mesmo o que uma mulher, de pé na escada, à sombra, ouvindo a música distante, simboliza".

P. 83: *Uma flor silvestre desabrochando na sebe* — Joyce utilizou essa expressão diversas vezes nas cartas a Nora escritas durante sua ausência em 1909.

P. 84: *Cais de Kingstown* — Onde a balsa Holyhead atraca (esta foi rebatizada de Dun Laoghaire).

P. 88: *Lansdowne Road* — A rua fica a meio caminho entre Merrion e o centro de Dublin.

P. 89: *Uma parte do jornal* — Mais provavelmente, *The Daily Express*, para o qual Gabriel Conroy em "Os mortos" e o próprio Joyce escreveram resenhas.

P. 89: *Um momento difícil* — Em abril de 1912, poucos meses antes da suposta ação da peça, John Redmond foi bem-sucedido em adiar Projeto de Lei de Governo Próprio diante da Câmara dos Comuns. Compare a descrição de Robert no jornal do modo como certos filhos da Irlanda "foram chamados de volta a ela às vésperas de sua vitória há muito esperada". Mays acrescenta que, embora Redmond se proclamasse herdeiro de Parnell, Joyce o considerava um oportunista. O apoio de Robert manifesta sua inclinação ao compromisso.

P. 89: *O reitor* [*the vice-chancellor*] — Em termos irlandeses, com referência a National University, da qual a University College Dublin forma uma parte.

P. 90: *Cadeira* — Joyce enfatizou a Stanislaus em cartas de 10 e 21 de agosto de

1909 que se tratava não de uma cadeira, mas de um cargo de preletor, e só em "italiano comercial".

P. 93: *Prosit!* — Palavra alemã que designa "à sua saúde!"

P. 94: *A praia* – A praia de Merrion, que se liga à praia de Sandymount em que Stephen e Bloom aparecem em episódios separados de *Ulisses*.

P. 95: *Estátuas. Todas elas são de dois tipos* — Eugene Sheehy, em *May it please the court* (Dublin, 1951) registra epigramas antigos de Joyce sobre as estátuas dublinenses.

P. 95: *Sou descendente de estrangeiros morenos* — Robert implica que suas credenciais como irlandês nativo são impecáveis. De fato, os *dubhgaill* (estrangeiros morenos ou pagãos) foi o nome dado aos invasores vikings, e há poucas razões para que ele os distinga do grupo dos *fionnghaill* (estrangeiros loiros ou pálidos) além da de comunicar um sentido consciente de pertença.

P. 95: *Aquela indignação feroz que dilacerava o coração de Swift* — Frases que traduzem o epitáfio de Swift em St. Patrick's Cathedral — "*Ubi saeva indignatio ulterius cor lacerare nequit*" [Lá onde uma feroz indignação não pode mais lhe dilacerar o coração] — e quase um lugar-comum nas conversas de Dublin. Robert as repete em seu artigo de jornal.

P. 97: *Archibald Hamilton Rowan (1751-1834)* — Renunciando à educação privilegiada na Inglaterra, Rowan juntou-se a Napper Tandy, Theobald Wolfe Tone e outros para fundar a United Irishmen. Ele foi declarado culpado por sedição em 1794, escapou via Clongowes para a França e depois para os Estados Unidos. Posteriormente chegou a aprovar o Ato de União, foi perdoado e voltou para a Irlanda. O jovem Stephen o recorda em Clongowes, em *Um retrato*. Na história irlandesa, de um ponto de vista, Rowan aparece como um vira-casaca abastado.

P. 97: *Em Filippo* — Onde o espectro que aparece a Brutus lhe diz que eles se encontrarão de novo, e onde Brutus encontra sua destruição (Plutarco, *Vidas*: "César" LXIX, vii; Shakespeare, *Júlio César* IV, iii, 282-285).

P. 99: *Aqui tem ladrões como em Roma* — Joyce foi roubado em seu último salário um dia antes de partir de Roma em fevereiro de 1907.

P. 103: *Chalé* — Com implicações de uma casa mais humilde e menor. Robert continuou mantendo o chalé para si mesmo depois da partida de Richard, assim como Mulligan, e Gogarty, na vida real, continuaram na Sandycove Tower, para exacerbar assim o sentimento de desapropriação de Stephen e Joyce.

P. 105: *É obra de um demônio* — em "Light on Joyce's Exiles?", Robert N. Adams faz uma abordagem interessante entre *Robert le Diable*, de Scribe, e *Exilados*.

Segundo Ato

P. 113: *Ranelagh* — Um bairro afastado de Dublin, que fica próximo do centro e que é mais antigo do que Merrion.

P. 113: ... *a canção de Wolfram no último ato de* Tannhäuser — "*O du mein holder Abendstern*"; Wolfran canta isso em saudação à estrela Vésper e a Elizabeth, no papel do rival temente a Deus de *Tannhäuser*, que é o escravo da luxúria. Mays cita Zack Bowen, que comenta: "Robert, prestes a consumar a ligação com Bertha, deveria estar cantando as canções de *Tannhäuser* em vez das de Wolfram, que é casto e bom. A ária faz parte da falsa imagem que ele apresenta de si mesmo e de suas motivações" (*Musical allusions in the works of James Joyce*, Albany, Nova York, 1975, p. 10).

P. 120: *Nem um anjo nem um anglo* — Alusão à história de Beda em sua *Historia ecclesiastica*, de Gregório o Grande encontrando os saxões em Roma. Gregório, espantado pela sua pele clara, descreveu-os não como anglos mas anjos.

P. 121: *O afeto... deve terminar nisso* — Essa também é a crença do senhor Duffy em "Um Caso Trágico".

P. 123: *E é bom que tenha sido perdida* (*Well lost!*) — Alusão à tragédia histórica de John Dryden, *All for Love, or The World Well Lost* (1678), escrita como uma "imitação" do estilo de Shakespeare, mas igualmente inspirada em Plutarco; Dryden ressalta na obra a luta travada por diversas personagens a fim de dominar o espírito de Antônio; esse é um dos temas em *Exilados*.

P. 124: *Um homem de grande talento — ou algo mais do que simples talento* — O colega de faculdade de Joyce, Thomas Kettle, elogiou *Música de câmara* num tom semelhantemente ambíguo. A resenha que Kettle fez do livro começava com a frase "Os que se lembram da vida universitária de cinco anos atrás terão muitas recordações do senhor Joyce". Robert Hand remodela a frase: "Os que recordam a vida intelectual de Dublin de uma década atrás terão muitas lembranças do senhor Rowan".

P. 124: *O que algum velho teólogo — Duns Scotus, eu acho — chamou de a morte do espírito* — A frase não está em Scotus (*circa* 1264-1308) e não é característica de sua escrita. Mays diz que Alessandro Francini recordou Joyce discutindo as idéias do Scotus "irlandês" em Trieste e a atribuição equívoca, aqui, ao primeiro grande teólogo a defender a Imaculada Conceição, deve ser irônica. Arthur Power lembra Joyce atribuindo a frase "a morte do espírito" a São Tomás de Aquino, para definir o ato da cópula (*Conversations with James Joyce*, 1974, p. 108). Isso está em harmonia com a apropriação que Robert faz da expressão no Terceiro Ato para se referir a uma pequena morte de tipo carnal. Mays ressalta que parece muito improvável que Joyce tenha enganado Power e que parece muito provável que este tenha se enganado ou confundido São Tomás de Aquino com Santo Agostinho. Este usou a frase pitoresca *mors animae* muitas vezes, por exemplo, em *De Trinitate* IV 3, *De Verbis Domini* VI 1.

P. 136: *Trabalhos de amor perdidos* — Alusão ao título homônimo da peça de Shakespeare.

P. 144: *O cais... o rio negro* — Northwall, nos cais do Liffey, de onde os passageiros partiam para o continente.

Terceiro Ato

P. 148: *Com certeza pra ele os seus olhos são o sol, senhora* — Robert Prezioso disse a Nora quando tentou seduzi-la, "Il sole s'è levato per Lei". Em *Ulisses* Bloom dirá a Molly: "O sol brilha para você".

P. 157: *A ilha está cheia de vozes* — Cf. Calibã em *A tempestade* de Shakespeare III, ii, 133.

P. 157: *De outro modo eu não poderia vê-lo* — Citado no primeiro ato de *Exilados* e derivando em última análise de *Giacomo Joyce.*

P. 164: *Meu primo Jack Justice, aliás, Doggy Justice, em Surrey* — Mays se pergunta se haveria de ser uma alusão a Dogberry, da peça *Muito barulho por nada* de Shakespeare.

P. 167: *Donny Brook* — Um subúrbio de Dublin adjacente a Ranelagh, a caminho de Merrion.

P. 168: *Antes que o dia amanhecesse* — Aubert observa que Joyce traduziu *Vor Sonnenaufgang* de Hauptmann na sua juventude.

P. 169: *Babbo!* — Essa palavra italiana, mais usada no norte da Itália, designa papai (era assim que Joyce era chamado por Giorgio).

P. 169: *Booterstown* — Um subúrbio ao norte de Blackrock, ao longo da costa.

Apêndice I

NOTAS DE JOYCE PARA EXILADOS*

*) Na medida do possível, procuramos preservar na tradução a escassa pontuação do original.

RICHARD: um automístico.

ROBERT: um automóvel.

A alma como o corpo pode ter uma virgindade. Entregá-la no caso da mulher e tomá-la no caso do homem é o ato de amor. O amor (entendido como desejar o bem a uma outra pessoa) é de fato um fenômeno tão pouco natural que dificilmente pode repetir-se, a alma sendo incapaz de se tornar virgem de novo e não tendo energia o bastante para precipitar-se de novo no oceano da alma de uma outra pessoa. É a consciência reprimida dessa incapacidade e a falta de energia espiritual que explicam a paralisia mental de Bertha.

Sua idade: 28 anos. Robert a compara à lua por causa do seu vestido. Sua idade corresponde à duração de um ritmo lunar. Cf. Oriani sobre fluxo menstrual — *la malattia sacra che in un rituo lunare prepara la donna per il sacrificio.*

Robert quer que Richard use contra ele as armas que as convenções e a moral sociais põem nas mãos do marido. Richard se recusa. Bertha quer que Richard também use essas armas em sua defesa. Richard se recusa também e pela mesma razão. A defesa que ele faz da alma e do corpo dela é uma espada invisível e imponderável.

Como uma contribuição para o estudo do ciúme o Otelo de Shakespeare é incompleto. Ele e a análise de Espinoza partem de um ponto de vista sensualista: Espinoza fala de *Prudentis et excrementis alterius jungere imaginem rei amatae.* Bertha considerou a paixão em si mesma — à parte o ódio ou concupiscência frustrada. A definição escolástica do ciúme como uma *passio irascibilis* é mais exata — seu objeto sendo um bem difícil. Nessa peça, o ciúme de Richard dá um passo a mais rumo ao centro do problema. Separado do ódio e sua concupiscência frustrada tendo-se convertido em estímulo erótico e de mais a mais tendo em seu poder o obstáculo, a dificuldade que o excitou, ele deve se revelar como a própria imolação do prazer da posse no altar do amor. Ele é ciumento, deseja e conhece sua própria desonra e a desonra dela, o objetivo do amor sendo estar unido em cada fase de seu ser a ela, já que o amor tende por força a realizar essa união no terreno do difícil, do vazio e do impossível.

Será difícil recomendar Beatrice ao interesse da platéia, onde cada homem é Robert e gostaria de ser Richard — em todo caso, de pertencer a Bertha. A nota de compaixão pode ser atingida quando ela tira os óculos do bolso a fim de ler. Os críticos podem dizer o que quiserem, todas essas pessoas — até mesmo Bertha — estão sofrendo duramente a ação.

Por que o título *Exilados*? Uma nação exige uma penitência dos que ousaram deixá-la, a ser paga quando eles voltarem. O primogênito, na fábula [*sic*] do Filho Pródigo, é Robert Hand. O pai tomou o partido do pródigo. Isso provavelmente não é comum no mundo — certamente não na Irlanda: mas o reino de Jesus não era deste mundo, tampouco foi ou é sua sabedoria.

O estado de Bertha quando abandonada espiritualmente por Richard deve ser expresso pela atriz por certa sugestão de hipnose. Seu estado é como o de Jesus no Horto das Oliveiras. Trata-se da alma feminina abandonada nua e sozinha a fim de que chegue a uma compreensão de sua própria natureza. Ela deve também parecer como que arrastada pela corrente da ação até o extremo limite compatível com sua imunidade e deve mostrar até uma ponta de ressentimento contra o homem que não lhe estenderá a mão para salvá-la. Por meio dessas experiências ela destilará seu próprio temperamento despertado a uma nova vida com a admiração de sua alma ante sua própria solitude e beleza, formada e se dissolvendo eternamente em meio às nuvens da mortalidade.

A fase secundária e inferior da posição de Robert é a suspeita de que Richard é um aventureiro astuto usando o corpo de Bertha como um engodo para obter sua amizade e apoio. A fase correspondente na atitude de Richard é a suspeita de que a admiração e a amizade de Robert para com ele são simuladas a fim de paralisar e entorpecer a vigilância de sua mente. Ambas as formas de suspeita se impõem às personagens a partir de evidências puramente exteriores e em nenhum dos casos surgem espontaneamente do solo de suas naturezas.

É uma ironia da peça que enquanto Robert e não Richard é o apóstolo da beleza, esta em seu ser visível e invisível está presente sob o teto de Richard.

Desde a publicação das páginas perdidas de *Madame Bovary* o centro da simpatia parece ter sido esteticamente deslocado do amante ou gigolô para o marido ou o corno. Esse deslocamento também tornou-se mais estável pelo crescimento gradual de um realismo prático coletivo devido a condições econômicas alteradas na massa das pessoas que são chamadas a ouvir e a sentir uma obra de arte relacionada com sua vida. Essa mudança é utilizada em *Exilados* embora a união de Richard e Bertha seja irregular ao ponto de que a revolta espiritual de Richard que seria estranha e não bem-vinda de outra forma pode entrar em conflito com a prudência decrépita de Robert com algumas chances de travar diante do público uma batalha equilibrada. Praga em *La Crisi* e Giacosa em *Tristi amori* entenderam essa mudança e dela se beneficiaram mas não a utilizaram, como é feito aqui, tecnicamente, na forma de um escudo para a proteção de uma consciência delicada, estranha e de grande sensibilidade.

Robert está convencido da não-existência, da irrealidade de fatos espirituais que existem e são reais para Richard. A ação da peça deveria contudo convencer Robert da existência e da realidade da defesa mística que Richard faz de sua mulher. Se essa defesa é uma realidade como podem ser irreais esses fatos em que ela se baseia?

Seria interessante fazer alguns esboços de uma Bertha tendo unido sua vida por nove anos a Robert — não necessariamente dramáticos mas de preferência esboços impressionistas. Por exemplo, a senhora Robert Hand (porque ele intentava fazer isso com decência) encomendando tapetes em Grafton Street, nas corridas de Leopards Town, num lugar reservado no palanque durante a cerimônia de inauguração de uma estátua, apagando as luzes da sala depois de uma reunião social na casa do seu marido, ajoelhada diante de um confessionário na igreja dos jesuítas.

Richard caiu de um mundo superior e se indigna quando descobre a baixeza em homens e mulheres. Robert elevou-se de um mundo inferior e se acha tão distante da indignação, que causa-lhe admiração que homens e mulheres não sejam mais baixos e ignóbeis.

ROBERT (*assente*) — É, você ganhou. Eu vi o seu triunfo.
RICHARD (*erguendo-se de súbito*) — Me desculpe. Esqueci. Quer um uísque?
ROBERT — Tudo vem para quem espera.

Richard dirige-se ao bufê, enche um copo com uísque da garrafa, e o leva com uma pequena garrafa de água para a mesa.

RICHARD (*senta-se novamente, recostando-se no sofá*) — Você mesmo põe a água?
ROBERT (*assim o faz*) — E você?
RICHARD (*meneia a cabeça negativamente*) — Não quero nada.
ROBERT (*segurando o copo*) — Estou pensando naquelas noitadas há muito tempo, nossas noites de sonho, de conversa e bebedeira.
RICHARD — Na nossa casa.
ROBERT (*erguendo o copo*) — *Prosit*!

Quando Richard deixou a igreja e conheceu muitos homens do mesmo tipo de Robert.

Problema: Archie, filho de Richard, foi educado com os princípios de Robert.

Beatrice falou com sua mãe antes de entrar no primeiro ato.

Bertha alude a Beatrice como sua excelência.

N.(B) — 12 nov. 1913

Liga: precioso, Prezioso, Bodkin, música, verde pálido, pulseira, doces de creme, lírio do vale, jardim de convento (Galway), mar.

Rato: Doença, desgosto, pobreza, queijo, ouvido de mulher (ouvido de criança?).

Punhal: coração, morte, soldado, guerra, banda militar, julgamento, rei.

N.(B) — 13 nov. 1913

Lua — o túmulo de Shelley em Roma. Ele se ergue dele: loura, ela chora por ele. Ele lutou em vão por um ideal e foi assassinado pelo mundo. No entanto se ergue. Cemitério em Rahoon ao nascer da lua onde está o túmulo de Bodkin. Ele jaz no túmulo. Ela vê o túmulo dele (uma cripta familiar) e chora. O nome é pouco atraente. O de Shelley é estranho e bravio. Ele é moreno, não-ressuscitado, assassinado pelo amor e pela vida, jovem. A terra o retém.

Bodkin morreu. Kearns morreu. No convento chamaram-na a assassina de homens. (Assassino de mulheres foi um dos nomes que ela deu a mim). Vivo na alma e no corpo.

Ela é a terra, escura, informe, mãe, tornada bela pela noite de luar, obscuramente consciente de seus instintos. Shelley a quem ela reteve em seu útero ou túmulo se levanta: o papel de Richard sobre o qual nem o amor nem a vida podem prevalecer: o papel pelo qual ela o ama: o papel que ela deve tentar assassinar, nunca ser capaz de assassinar, e exultar ante sua impotência. As lágrimas dela são de adoração, Madalena vendo o Senhor ressuscitado no jardim onde Ele fora sepultado. Roma é o mundo estranho e a vida estranha a que Richard a leva. Rahoon são os seus. Ela também chora por Rahoon, por aquele a quem o seu amor matou, a criança sombria a quem, como a terra, ela abraça na morte e na desintegração. Ele é sua vida sepultada, seu passado. As imagens que a acompanham são as bugigangas e brinquedos da infância (pulseira, doces de creme, lírios verde-pálidos do vale, o jardim do convento). Os símbolos dele são a música e o mar, a terra líquida informe na qual estão enterrados e submersos a alma e o corpo. Há lágrimas de compaixão. Ela é Madalena que chora lembrando os amores que não pôde retribuir.

Se Robert realmente prepara o caminho para que Richard avance e se espera que isso ocorra enquanto tenta ao mesmo tempo combater secretamente esse avanço destruindo de um único golpe a confiança que Richard tem em si mesmo a posição é igual à de Wotan que, ao querer o nascimento e o crescimento de Siegfried, anseia por sua própria destruição. Cada passo dado pela humanidade por meio de Richard é um passo dado para trás pelo tipo que Robert representa.

Richard teme a reação inevitável no temperamento de Robert: e não só pelo bem de Bertha, ou seja, não para sentir que ele, ficando de lado, a deixou seguir seu caminho através de um amor passageiro até o abandono, mas para sentir que uma mulher escolhida por ele foi posta de lado por uma outra que ele não escolheu.

A mente de Beatrice é um templo abandonado e frio em que os hinos se elevaram ao céu num passado longínquo mas onde agora um sacerdote decrépito oferece sozinho e sem esperanças orações ao Altíssimo.

Richard, tendo compreendido pela primeira vez a natureza da inocência quando a perdeu, tem medo de acreditar que Bertha, para entender a castidade de sua natureza, deve primeiro perdê-la no adultério.

Ampola — âmbar — prata — laranjas — maçãs — pirulito — cabelo — pão-de-ló — hera — rosas — fita.

A ampola a lembra de que queimou a mão quando criança. Ela vê seu próprio cabelo âmbar e o cabelo prateado da mãe. Essa cor de prata é a coroa da idade mas também o estigma das preocupações e da aflição que ela e seu amante depuseram sobre ela mesma. Essa via do pensamento é rigorosamente evitada por ela: e o outro aspecto, o âmbar que os anos tornam prata, sua mãe como uma profecia do que ela um dia pode ser, dificilmente se vê num lance de olhos. Laranjas, maçãs, pirulitos — essas coisas tomam o lugar dos pensamentos evitados e são ela mesma do modo como ela foi, por serem suas alegrias de moça. O cabelo: a mente se volta de novo para isso sem atentar para sua cor, atentando apenas para a marca sexual distintiva e para seu crescimento e mistério em vez de para sua cor. O símbolo de sua infância crescendo suave. Pão-de-ló, um débil clarão de novo de alegrias que agora começam a parecer mais de uma criança do que de uma menina. Hera e rosas: ela colheu hera muitas vezes quando saía à tarde com meninas. As rosas cresceram então. Uma súbita nota escarlate na memória que pode ser uma vaga evocação das rosas do corpo. A hera e as rosas alentam e exaltam a partir da idéia de crescimento, ao fazer passar da vida vegetal rastejante à vida ardente e perfumada da flor, o símbolo de uma adolescência misteriosamente crescente, seu cabelo. A fita para o seu cabelo. O ornamento que lhe convém para os olhos dos outros, e em último lugar para os olhos dele. A adolescência se torna virgindade e põe "a fita que cinge o teu cabelo: o símbolo da virgem". Um instinto orgulhoso e tímido afasta sua mente do ato de soltar o cabelo preso — por mais que terno ou ansiado ou inevitável — e ela abraça o que é só dela e não é dela e dele ao mesmo tempo — dias felizes distantes dançantes, distantes, que se foram para sempre, mortos. Ou assassinados? *Cf.*

ROBERT — Você fez dela tudo o que ela é. Uma personalidade rara e maravilhosa.
RICHARD (*em tom sombrio*) — Ou eu a matei.

ROBERT — Matou-a?
RICHARD — A virgindade da alma dela.

Richard não deve aparecer como um paladino dos direitos da mulher. Sua linguagem por vezes deve estar mais próxima da de Schopenhauer falando contra as mulheres e ele deve demonstrar amiúde um profundo desprezo pelo sexo de cabelos compridos e pernas curtas. Na verdade ele está lutando em favor dele mesmo, por sua própria dignidade emocional e libertação na qual Bertha, nem mais nem menos do que Beatrice ou qualquer outra mulher, está envolvida. Ele não se vale da linguagem da adoração e seu temperamento deve parecer um pouco frio. Mas é um fato que por quase dois mil anos as mulheres da Cristandade tenham rezado e beijado a imagem nua daquele que não teve nem mulher nem amante nem irmã e que dificilmente teria sido associado a sua mãe não tivesse a igreja italiana descoberto, com seu instinto prático infalível, as ricas possibilidades da figura da Madona.

Neve: gelo; lua; quadros, azevinho e hera, doce de groselha, limonada, Emily Lyons, piano, peitoril da janela.

Lágrimas: navio, sol, jardim, tristeza, avental, botas de botão, pão com manteiga, uma boa fogueira.

Na primeira [cena] o fluxo das idéias é lento. É Natal em Galway, uma noite de Natal enluarada e com neve. Ela leva almanaques ilustrados para a casa da avó a ser enfeitada com azevinho e hera. Passa as tardes na casa de uma amiga onde lhe dão limonada. Limonada e bolo de groselha são também o que a avó lhe deu de comer no Natal. Ela martela o piano e se senta no parapeito da janela com sua amiga de pele morena e ar de cigana, Emily Lyons.

Na segunda as idéias são mais rápidas. É o cais do porto de Galway numa manhã clara. O navio de emigrantes está partindo e Emily, sua amiga morena, está de pé na coberta do navio indo para a América. Beijam-se e choram amargamente. Mas ela acredita que algum dia sua amiga voltará como promete. Ela chora pela dor da separação e pelos perigos do mar que ameaçam a moça que está partindo. A moça é mais velha do que ela e não tem namorado. Ela também não tem namorado. Sua tristeza é breve. Ela está só, sem amigos, no jardim da avó e pode ver o jardim, sem ninguém agora, onde no dia anterior ela brincava com a amiga. A avó a consola, dá-lhe um avental novo e limpo e botas de botões, um presente do tio, um bom pedaço de pão com manteiga e uma boa fogueira para que se sente perto dela.

A saudade e o pesar pelos dias mortos da adolescência são de novo marcados fortemente. Uma sensualidade persistente e delicada (visual: quadros, adornados com azevinho e hera; gustativa: bolo de groselha, pão com manteiga, limonada; táctil: sol no jardim, uma boa fogueira, os beijos da amiga e da avó) perpassa ambas as séries de imagens. Também uma vaidade persistente e delicada, até mesmo na sua dor; seu avental e suas botas de botões. Agora não passa por sua cabeça nenhum pensamento de admiração mais recente, que é forte ao ponto de ser fetichismo e que foi bem observada por ela. As botas sugerem quem as deu, seu tio, e ela sente de modo vago os cuidados e afetos esquecidos em meio [aos quais] ela cresceu. Ela pensa nele de maneira amável, não porque eles foram amáveis para *ela* mas porque foram amáveis para sua alma de menina que agora se foi e porque eles fazem parte dessa alma, escondida até mesmo dela em sua memória. A nota de pesar está sempre presente e encontra expressão por fim nas lágrimas que lhe enchem os olhos enquanto ela vê a amiga ir-se embora. Uma partida. Uma amiga, sua própria juventude, indo embora. Um lânguido vislumbre de lesbianismo se irradia nessa mente. Essa moça também é morena, como uma cigana, e ela também, como o amante moreno que repousa em Rahoon, está indo para longe dela, a assassina de homens e talvez também a assassina do amor, cruzando o mar escuro que é a distância, a extinção do interesse e a morte. Elas não têm amores masculinos e sentem-se ligeiramente impelidas uma à outra. A amiga é mais velha, mais forte, pode viajar sozinha, mais corajosa — profecia de um macho moreno que virá mais tarde. A passividade de seu caráter para com tudo o que não é vital para a existência desse caráter, e no entanto uma passividade que se derrama em ternura. O assassino está só e quieto em meio ao sol suave e às suaves preocupações e afazeres de sua avó, feliz de que a lareira esteja quente, aquecendo-lhe os pés.

O que são pois essa ternura e consideração que, dadas, significam morte, ou descontentamento, ou distância ou a extinção do interesse? Ela não tem nenhum remorso pois ela [sabe] o que pode dar quando lê o desejo em olhos escuros. Não têm eles necessidade disso já que anseiam e pedem? Recusá-lo, seu coração lhe diz, seria matar de modo mais cruel e impiedoso aqueles a quem as ondas ou uma doença ou a passagem dos anos certamente levarão de sua vida para a distância, a morte prematura e essa extinção da personalidade que é a morte na vida.

Na incerteza das duas personagens femininas Bertha tem a vantagem de sua beleza — um fato por trás do qual até mesmo um caráter feminino diabólico pode esconder-se sem perigo, para não falar de um caráter que não é moralmente mal.

Ato II: Bertha deseja a união espiritual de Richard e Robert e *acredita* (?) que a união será realizada através de seu corpo e perpetuada por meio dele.

Richard aceita a homenagem que Robert faz a Bertha já que ao fazer isso ele a rouba às compatriotas de Bertha e vinga a si e a seu amor proibido.

A peça são três atos de gato e rato. A posse corporal de Bertha por Robert, repetida com freqüência certamente levaria a um contato quase carnal entre os dois homens. Eles desejam isso?, serem unidos, ou seja, carnalmente, por meio da pessoa e do corpo de Bertha, já que eles não podem, sem insatisfação e degradação, serem unidos carnalmente homem a homem como homem a mulher?

Exilados — também porque no final Robert ou Richard devem partir para o exílio — talvez a nova Irlanda não possa conter os dois. Robert partirá. Mas os seus pensamentos quanto a ela o acompanharão no exílio como os de sua irmã no amor Isolda acompanham Tristão?

Todos acreditam que Bertha é amante de Robert. Há um conflito entre essa *crença* e o próprio *conhecimento* da parte dele do que houve: mas ele aceita a crença como um remédio amargo.

Dos amigos de Richard, Robert é o único que ele penetrou a mente através dos portões do afeto de Bertha.

A peça: um corpo a corpo entre o marquês de Sade e o Freiherr von Sacher Masoch. Não seria melhor que Robert mordesse um pouco Bertha quando eles se beijam? O masoquismo de Richard não precisa de nenhum exemplo.

No último ato (ou no segundo) Robert também pode sugerir que sabia desde o início que Richard estava consciente de sua conduta e que ele próprio estava sendo observado e que persistiu porque devia e porque queria ver até que ponto iria a abstenção silenciosa de Richard.

Bertha reluta em conceder a hospitalidade de seu útero à semente de Robert. Por essa razão, ela preferiria um filho dele nascido de outra mulher em vez de ela mesma conceber um filho dele. Essa é a verdade? Para ele a questão do filho é imaterial. Seria a relutância dela em entregar-se (mesmo quando se afasta a possibilidade de um filho) essa mesma relutância ou uma sobrevivência dela ou uma sobrevivência dos medos (puramente físicos) de uma virgem? É certo que o instinto dela pode distinguir entre concessões e para ela a suprema concessão é o que os Padres da Igreja chamam *emissio seminis inter vas naturale*. Quanto à realização do ato de uma outra forma, de maneira externa, por fricção, ou na boca, a questão exige um exame ainda mais atento. Será que ela deixará que sua luxúria se apodere dela ao ponto de receber a emissão de semente dele em qualquer outra abertura do corpo em que ela não poderia sofrer a ação, depois de emitida, das forças de sua carne secreta?

Bertha está cansada e repelida pela energia infatigável e curiosa da mente de Richard e seu cansaço é mitigado pela polidez plácida de Robert.

A mente dela é uma bruma acinzentada em meio à qual os objetos comuns — o flanco das colinas, os mastros dos barcos e as ilhas desertas — assomam com contornos estranhos e no entanto reconhecíveis.

O sadismo do caráter de Robert — o seu desejo de infligir a crueldade como uma parte necessária do prazer sensual — só é visível ou principalmente em seu comportamento com as mulheres para as quais ele é continuamente atraente porque continuamente agressivo. Para com os homens, contudo, ele é doce e humilde de coração.

A Europa está cansada até mesmo das mulheres escandinavas (Hedda Gabler, Rebecca Rosmer, Asta Allmers) a quem o gênio poético de Ibsen criou quando as heroínas eslavas de Dostoiévski e Turguêniev estavam ficando antiquadas. Sobre que mulher brilhará agora a luz da mente do poeta? Talvez seja finalmente a celta. Questão vã. Enrole o cabelo como quiser e solte-o também como quiser.

O desejo de Richard — que não foi feito para relações adúlteras com as mulheres de seus amigos, menos porque está convencido da indignidade da coisa e mais em razão de toda a dissimulação que isso envolveria de sua parte — o desejo de Richard, parece, é sentir o *frisson* do adultério por procuração e possuir Bertha, uma mulher já *ligada*, através do órgão de seu amigo.

Bertha, no paroxismo da excitação no Ato III reforça seu discurso com a palavra "Céus".

A dúvida que envolve o final da peça deve ser transmitida à platéia não apenas por meio das perguntas de Richard aos dois mas também a partir do diálogo entre Robert e Bertha.

Todos os filósofos celtas pareceram ter-se inclinado à incerteza ou ceticismo — Hume, Berkeley, Balfour, Bergson.

As notas preparadas para o diálogo são em seu conjunto difusas demais. Elas devem passar pelo crivo da ação. Possivelmente a melhor forma de fazer isso é esboçar o próximo ato (II) deixando as personagens se exprimirem elas próprias. Não é necessário ligá-las às expressões nas notas.

O maior perigo na redação desta peça é a ternura da fala ou do estado de espírito. No caso de Richard, isso não convence e no caso dos outros dois é equívoco.

Durante o segundo ato, quando Beatrice não está em cena, sua figura deve aparecer diante da platéia por meio dos pensamentos ou da fala dos outros. Isso não é de modo nenhum fácil.

A personagem de Archie no terceito ato prolonga a alegria de Richard, que se manifestou a intervalos no primeiro e segundo atos. Contudo, enquanto o afeto espiritual de Richard pelo filho (e também seu sentimento filial para com seu próprio pai) foi representado adequadamente nos atos anteriores para contrabalançar isso, o amor de Bertha pelo filho deve ser mostrado de maneira tão forte e simples e tão cedo quanto possível no terceiro ato. Ele deve, é claro, ser acentuado pela posição de tristeza em que ela se encontra.

Talvez fosse bom fazer um esboço separado das ações de cada uma das quatro personagens principais durante a noite, inclusive daquelas cujas ações não são reveladas ao público no diálogo, a saber Beatrice e Richard.

Robert está contente por ter em Richard uma personalidade a quem pode pagar o tributo da sua total admiração, ou seja, alguém a quem não é necessário fazer sempre elogios atenuados e insinceros. Isso ele toma por reverência.

Um exemplo surpreendente do ponto de vista modificado da literatura com relação a esse tema é Paul de Kock — seguramente um descendente de Rabelais, Molière e da velha *souche gauloise*. No entanto compare *George Dandin* ou *Le Cocu Imaginaire* de Molière com *Le Cocu* daquele escritor. Salacidade, humor, indecência e vivacidade não lhe faltavam e no entanto ele cria uma história longa, hesitante, dolorosa — escrita também em primeira pessoa. Evidentemente, essa fonte brotou em algum lugar.

As relações entre a senhora O'Shea e Parnell não são de importância vital para a Irlanda — primeiro, porque Parnell não podia falar e segundo porque ela era uma ingelsa. Justamente os aspectos do caráter dele que poderiam ter sido de interesse passaram em silêncio. A maneira de ela escrever não é irlandesa — não, sua maneira de amar não é irlandesa. O caráter de O'Shea é muito mais típico da Irlanda. Os dois maiores irlandeses dos tempos modernos — Swift e Parnell — acabaram com sua vida por causa de mulheres. E foi a mulher adúltera do Rei de Leinster que trouxe o primeiro saxão para as costas irlandesas.

Notas ao Apêndice I

P. 185: *O amor (entendido como o desejo do bem a uma outra pessoa)* — Um lugar-comum nas discussões escolásticas em torno do amor e da vontade, muitas das quais citam São Tomás de Aquino, *Summa Contra Gentiles* I, 91, *Summa Theologiae* Ia, *q.* 20, *a.* I, *ad.* 3 etc., e que remonta a Aristóteles, *Ética a Nicômaco*, livros VIII e IX e *Retórica* 138ob33-138Ic.

P. 185: *... a lua... ritmo lunar* — Aubert sugere que essas correspondências antecipam as 28 "garotas do arco-íris" de *Finnegans wake*.

P. 185: *Oriani sobre o fluxo menstrual — la malattia sacra che in un rituo lunare prepara la donna per il sacrificio* — Alfredo Oriani, *La rivolta ideale* (1908) 148; a tradução do texto é "a doença sagrada que num ritmo lunar prepara a mulher para o sacrifício".

P. 185: *Espinoza fala de pudentis... amatae* — As frases de Joyce abordam a discussão do ciúme em "Sobre a Origem e a Natureza das Emoções" de Espinoza, em que este conclui que "aquele que pensa que a mulher a quem ele ama se prostitui a outro sentirá dor não apenas porque seu próprio desejo [*appetitus*] é contrariado, mas também porque, sendo impelido a associar a imagem da mulher que ama às partes pudendas e excrementais do outro, ele portanto afasta-se dela (*Ética* III, XXXV).

P. 185: *A definição escolástica do ciúme como uma passio irascibilis...* — na filosofia escolástica, uma paixão irascível deve superar os obstáculos para alcançar um bem sensível, ao passo que a paixão concupiscente leva ao bem sem passar por nenhum entrave. Dentre as paixões irascíveis estão o desespero, o medo, a raiva, a esperança e a coragem; o ciúme é classificado mais amiúde de pecado.

P. 185: *Um bem difícil* — Compare-se a expressão com as palavras de Stephen sobre a distinção entre *bonum simpliciter* e *bonum arduum* em *Stephen hero*, op. cit., p.185.

P. 185: *Nesta peça... do vazio e do impossível* — Dominic Manganiello, "The italian sources for *Exiles*: Giacosa, Praga, Oriani e Joyce" in *Myth and reality in irish literature*, org. Joseph Ronsley (Waterloo, Ontario, 1977), 235-6, sugere que essas frases derivam de um romance de Oriani, *Gelosia: vortice* (1894) de que Joyce possuía um exemplar. O romance trata do ciúme de um apaixonado quanto ao marido de sua amante, e Mays lembra que Mario, o amante, é ainda um outro modelo para o ciúme de Richard, o marido.

P. 186: *A fábula [sic] do filho pródigo* — Ver Lucas, 15:11-32.

P. 186: *Jesus no Horto das Oliveiras* — Getsêmani, no monte das Oliveiras, onde Cristo sofreu "a agonia no horto" antes de ser preso, julgado e crucificado (Lucas, 22: 39-46; Marcos, 14: 32-42; Mateus, 26: 38-46).

P. 186: *Trata-se da alma feminina abandonada nua* — Cf. Marco Praga (1862-1929), *Animo a Nude*. Marco Praga foi um dos melhores dramaturgos do período verista e moralista do adultério. A biblioteca de Joyce continha oito obras de Praga.

P. 186: *Em meio às nuvens da mortalidade* — Mays e Aubert chamam a atenção para a linguagem de Joyce, curiosamente próxima de fontes herméticas, tais como as que estavam em voga em círculos freqüentados por George Russell (A.E.). Essa idéia está bem próxima de certas teorias alquimistas que Joyce havia lido, como as de Paracelso. Aubert cita a seguinte passagem de uma tradução inglesa de Paracelso: "Pode-se supor que todas as coisas nascem do invisível, no entanto, sem sofrer prejuízo, pois a matéria tem sempre o poder de regenerar e de compensar essa perda (...) Segue-se que... sabemos que não há nada que tenha tido nascimento que não tenha sido construído ou criado (...) Todo corpo ou toda substância tangível não passa de vapor coagulado". ("The Philosophy Addressed to the Athenians". *The Hermetic and Alchemical Writings of Paracelsus*, Londres, 1894.)

P. 187: *Desde a publicação das páginas perdidas de Madame Bovary* — Mays observa que as supressões que Flaubert foi obrigado a fazer quando seu romance foi publicado em forma de série em 1856, supressões restauradas quando esse romance foi publicado em sua íntegra em 1857, estão indicadas na edição de Louis Conard de 1910. Mays acrescenta que não são tão extensas quanto Joyce sugere, tampouco que alteram muito a percepção de Charles Bovary como corno. O interesse de Joyce, como sua citação de Praga e Giacosa, está na mudança de interesse levada a efeito por Flaubert quanto à passagem do amante para o marido, da ação para a reação.

P. 187: *Giacosa em* Tristi amori — As últimas peças de Giuseppe Giacosa (1847-1906) eram naturalistas. *Tristi amori*, de 1888, se concentra numa mulher que resolve se opor a um caso extraconjugal pelo bem de sua filha e por causa do marido que, embora sem perdoá-la, também decide que a família deve ser preservada. Mays acrescenta que uma adaptação, com o título de *The wife of Scarli*, foi realizada em Dublin no Gaiety Theatre, em 22 de outubro de 1897. Molly Bloom se refere a essa adaptação em "Penélope".

P. 187: *Grafton Street... corridas de Leopards Town... a igreja dos jesuítas* — Grafton Street é uma rua de lojas elegantes no centro de Dublin; Leopardstown é um bairro afastado e próspero na região sul onde havia corridas de cavalo; a igreja dos jesuítas em Gardiner Street, aludida no conto "Graça" e em *Um retrato do artista*. Ver também o começo do conto "Um Encontro" em *Dublinenses*.

P. 188: *N. (B) — 12 nov. 1913* — Nora (Bertha) ou Nota (*bene*). Nora Barnacle, companheira de Joyce, a quem ele deveria desposar em 1931. Na passagem que se segue, passam-se em revista episódios da vida de Nora. A cadeia de associações ocorre em função do incidente envolvendo a "liga" aludido no primeiro ato da peça.

P. 188: *Bodkin... pulseira, doces de creme... jardim do convento* — Michael "Sonny" Bodkin foi um namorado de Nora na época em que ela viveu em Galway, antes de seu casamento. Ele morreu em 11 de fevereiro de 1900 com vinte anos, após contrair tuberculose. Os doces de creme estão associados a Willie Mulvey, que se enamorou de Nora depois que Bodkin morreu. Nora disse que se sentiu atraída por Joyce porque ele a fazia lembrar de Bodkin. Esses acontecimentos são reelaborados no conto "Os mortos" e, de maneira diferente, em "Penélope".

P. 189: *Lua — o túmulo de Shelley em Roma* — Uma tabuleta homenageando Shelley foi a primeira coisa que causou surpresa a Joyce quando ele chegou a Roma em 1906. Não se sabe, porém, se ele visitou o túmulo de Shelley, mas compare-se a menção com o poema "À Lua" de Shelley citado em *Um retrato do artista quando jovem*.

P. 189: *Cemitério em Rahoon* — O cemitério onde Michael Bodkin foi enterrado perto de Galway, embora em "Os Mortos" Joyce imagine Michael Furey enterrado em Oughterard. Ver também o poema "Ela Chora por Rahoon" em *Pomas, um tostão cada.*

P. 189: *Kearns* — J.C.C. Mays informa que Brenda Maddox identifica Kearns com Michael Feeny, o primeiro rapaz de quem Nora se enamorou e que morreu com dezesseis anos, tendo sido enterrado em Rahoon — como Michael Bodkin, alguns anos depois. Mays também afirma que o nome no manuscrito poderia ser lido como Keany, o que reforçaria a sugestão da autora.

P. 189: *A terra, escura, informe, mãe* — Comparar com a explicação que Joyce deu a Frank Budgen acerca do episódio "Penélope", numa carta de 16 de agosto de 1921: "'Penélope' é o *clou* [ponto crucial] do livro. A primeira frase contém 2.500 palavras. Há oito frases no episódio. Ele começa e acaba com a palavra feminina *sim*. Volta-se lentamente como o imenso globo terrestre certo e equilibrado ao redor, girando, seus quatro pontos cardeais sendo os seios femininos, bunda, ventre e boceta expressos pelas palavras *porque*, *fundo* (em todos os sentidos de fundo, fundo da classe, fundo do mar, fundo do seu coração), *mulher*, *sim*, embora provavelmente mais obsceno do que qualquer episódio precedente ele me parece perfeitamente tão pleno amoral fertilizável inconfiável sedutor contundente limitado prudente indiferente *Weib* [mulher, no sentido amplo, pejorativo ou bíblico] *Ich bin der [sic] Fleisch der stets bejaht* [Eu sou a carne que sempre diz sim]".

P. 189: *Wotan... Siegfried* — Na ópera de Wagner *O Anel dos Nibelungos*, Wotan, soberano dos deuses, é o antepassado de Siegfried.

P. 189: *Nascimento e crescimento... destruição* — Compare-se com o comentário de Temple em *Um retrato do artista quando jovem*: "A reprodução é o começo da morte"; também com as sugestões da expressão "morte do espírito" mencionada por Richard e repetida por Robert.

P. 190: *A natureza da inocência* — Stephen se entrega a reflexões de tom semelhante acerca de Emma em *Um retrato do artista.*

P. 190: *"A fita que cinge o teu cabelo: o símbolo da virgem"* [em inglês, *the snood that is the sign of maidenhood*] — É um verso do poema XI de *Música de câmara.*

P. 191: *Schopenhauer falando contra as mulheres* — Joyce se refere ao ensaio "Sobre as mulheres", de Arthur Schopenhauer.

P. 191: *As ricas possibilidades da figura da Madonna* — Joyce acreditava tanto no mistério da paternidade como no da maternidade. Sobre esse tema, conferir o ensaio de Joyce intitulado "O Ecce Homo da Royal Hibernian Academy".

P. 191: *Emily Lyons* — Uma amiga de infância de Nora, cuja partida de Galway para os Estados Unidos deixou Nora bastante desconsolada.

P. 191: *A avó a consola* — A avó por parte de mãe de Nora, Catherine Mortimer Healy, em cuja casa Nora foi criada desde pequena.

P. 192: *Seu tio* — Michael Healy, tio de Nora, que ajudou tanto a ela como a Joyce depois que eles se casaram.

P. 192: *O desejo em olhos escuros* — Aubert compara o efeito que "os olhos negros femininos" têm sobre Stephen em *Um retrato do artista*, e observa o significado da reação particular de Stephen aos "olhos negros" de Cranley em *Stephen, o herói*.

P. 193: *Acredita (?)* — A interrogação entre parênteses é do próprio Joyce.

P. 193: *Gato e rato* — J.C.C. Mays e Aubert lembram que a expressão comum passou a adquirir um outro sentido no momento em que Joyce escreveu a peça. Em 1913, o Parlamento Britânico aprovou uma lei segundo a qual as sufragistas passaram a ter liberdade condicional por seu bom comportamento, e essa lei ficou popularmente conhecida como Ato de Gato e Rato. O sentido adicional se aplica sobretudo à situação de Bertha do começo ao fim da peça.

P. 193: *"Sua irmã no amor"* (em inglês, *sister-in-love*) — Jogo de palavras com "sister-in-law" (cunhada). Na ópera de Wagner, *Tristão e Isolda*, de 1865, Tristão, ferido, é mandado ao exílio quando seu amor por Isolda se revela. O tema de Tristão e Isolda acabou sendo bastante utilizado por Joyce em *Finnegans wake*.

P. 193: *Marquês de Sade e o Freiherr von Sacher Masoch* — Os escritores franceses e austríacos (1740-1814; 1835-1895) a partir dos quais foram criados os nomes sadismo e masoquismo. Lembra Mays que Joyce parece ter-se impressionado sobretudo com Masoch, cujos livros ele adquiriu e aos quais se refere em diversos passos de *Ulisses*.

P. 194: *Emissio seminis inter vas naturale* — em latim, "a emissão de sêmen no órgão natural", uma versão da definição da lei canônica da consumação de um ato sexual.

P. 194: *Hedda Gabler, Rebecca Rosmer, Asta Allmers* — Heroínas de Ibsen, embora a senhorita West, personagem de *Rosmersholm*, se torne Rebecca Rosmer de maneira figurada na morte. Asta Allmers é a heroína de *O Pequeno Eyolf*.

P. 196: *Paul de Kock* — Charles-Paul de Kock (1794-1871), um romancista francês bastante popular e prolífico que é mencionado duas vezes em *Ulisses*.

P. 196: *Souche gauloise* — Expressão francesa designando "raiz gaulesa", ou seja, aquela tradição nativa a partir da qual derivam as cartas corteses.

P. 196: *A maneira de ela escrever não é irlandesa* — A biografia de Katherine O'Shea de Parnell, publicada em 1914, é escrita num estilo um tanto elevado. Além dessa biografia, Joyce tinha outra, também de Parnell, em sua biblioteca de Trieste.

P. 196: *Swift* — J.C.C. Mays lembra que as relações de Swift com as mulheres — Stella e Vanessa — sempre foram mais importantes no folclore irlandês do que outros leitores podem entender. Em *Finnegans Wake* há alusões a esses relacionamentos.

P. 196: *A mulher adúltera do Rei de Leinster* — Devorghil, mulher de Tiernan O'Rourke, príncipe de Breffni, deixou o marido por Dermot MacMurrough, Rei de Leinster, em 1152. Quinze anos depois, MacMurrough foi derrotado pelas forças aliadas de O'Rourke e Roderick O'Connor, Rei Supremo da Irlanda. Ele buscou o apoio de Henrique II e por isso acarretou a invasão anglo-normanda da Irlanda em 1169. Cf. também o episódio "Nestor" em *Ulisses*.

Apêndice II

Epílogo aos Espectros *de Ibsen*

Ermete Zacconi, numa montagem de Espectros, *de Ibsen.*

Joyce assistira a uma montagem de *Espectros* no Théâtre des Champs Elysées em Paris antes de partir para a Suíça. Numa viagem de trem um mês depois, escreveu esse poema. Posteriormente, ao considerá-lo autobiográfico, pediu a Gorman que o publicasse em sua biografia, juntamente com a seguinte observação, que ele ditou ao biógrafo: "Isso (que é de fato uma grotesca amplificação da defesa, tentada pelo próprio Oswald, de seu pai na peça) não deve ser interpretado, porém, como se ele não considerasse Ibsen o supremo poeta dramático, baseando suas crenças nas peças posteriores, a partir de *O pato selvagem*, e naturalmente não significa que ele considere *Espectros* nada senão uma grande tragédia".

O Capitão Alving, narrador do poema, afirma que acreditou ter sido o pai de dois filhos, um fora e outro dentro do casamento — Regina, uma moça saudável, e Oswald, enfermo congenitamente. Já que o poema, cujo tom oscila entre cômico e sério, é uma paródia das idéias de Ibsen quanto a "espalhar a culpa" e quanto a assim chamada "terrível alusão", o Capitão Alving, seguindo o rastro desse sentimento de culpa, e tirando proveito da sugestão em *Espectros* de que o Pastor Manders e a Sra. Alving antes se haviam enamorado, insinua maliciosamente que Manders foi o pai de Oswald, e declara categoricamente que os próprios pecados dele serviram de material para uma obra-prima dramática.

Ellmann afirma que o interesse de Joyce pelo tema do pai devasso lembra tanto seu próprio pai quanto ele mesmo, e que o paralelo poderia ser levado adiante, tendo-se em vista o fato de Joyce ter sido pai de uma criança enferma, Lucia, e de outra saudável, mas o mesmo Ellmann acrescenta: "... só na alteridade da composição, na estância dramática de seu poema, ele terá se permitido pensar em seus filhos nesses termos. Enquanto Joyce era imanente no Capitão Alving, este era outra pessoa".

Dear quick, whose conscience buried deep
The grim old grouser has been salving,
Permit one spectre more to peep.
I am the ghost of Captain Alving.

Silenced and smothered by my past
Like the lewd knight in dirty linen
I struggle forth to swell the cast
And air a long suppressed opinion.

For muddling weddings into wakes
No fool could vie with Parson Manders.
I, though a dab at ducks and drakes,
Let gooseys serve or sauce their ganders.

My spouse bore me a blighted boy,
Our slavey pupped a bouncing bitch.
Paternity, thy name is joy
When the wise child knows which is which.

Both swear I am that selfsame man
By whom their infants were begotten.
Explain, fate, if you care and can
Why one is sound and one is rotten.

Olaf may plod his stony path
And live as chastely as Susanna
Yet pick up in some Turkish bath
His quantum est *of* Pox Romana.

Caros vivos: o peso em vossa consciência
O velho rabugento o torna suportável;
Deixai que um derradeiro espectro apareça:
Sou o fantasma do finado Capitão Alving.

Silenciado e sufocado por meu passado
Tal como o cavaleiro sujo e dissoluto,
Me esforço pra poder subir até o tablado
E ali dar voz a uma opinião que guardo há muito.

Em termos de trocar casórios por velórios
Ninguém melhor que o Pastor Manders. O fato
É que eu, que não sou pato em jogo de avelórios,
Deixo que a gansa dê prum ganso qualquer trato.

Minha mulher me deu um rebento bichado
E nossa criada teve uma bisca robusta;
Teu nome é alegria, ó Paternidade —
Mas só quando se sabe quem gerou os frutos.

Que eu fui o genitor dos dois é o que as mulheres
Me juram de pés juntos. Diz pra mim, ó Fado,
Se é que tu podes, ou então se é que tu queres,
Por que é que ela nasceu sadia e ele estragado.

Olaf pode arrastar-se em pedregosa senda
E ter vida tão casta quanto a de Suzana,
Mas também pode, em alguma sauna horrenda,
Vir a pegar seu *quantum est* de *Pox Romana*.

While Haakon hikes up primrose way,
Spreeing and gleeing as he goes,
To smirk upon his latter day
Without a pimple on his nose.

I gave it up I am afraid
But if I loafed and found it fun
Remember how a coyclad maid
Knows how to take it out of one.

The more I dither on and drink
My midnight bowl of spirit punch
The firmlier I feel and think
Friend Manders came too oft to lunch.

Since scuttling ship Vikings like me
Reck not to whom the blame is laid,
Y. M. C. A., V. D., T. B.
Or Harbormaster of Port Said.

Blame all and none and take to task
The harlot's lure, the swain's desire.
Heal by all means but hardly ask
Did this man sin or did his sire.

The shack's ablaze. That canting scamp,
The carpenter, has dished the parson.
Now had they kept their powder damp
Like me there would have been no arson.

Nay more, were I not all I was,
Weak, wanton, waster out and out,
There would have been no world's applause
And damn all to write home about.

(April 1934)

Mas Haakon erra em meio às rosas de sua via;
Assim, na farra, enchendo a cara, ele caminha,
E acaba com um sorriso em seu último dia
Sem que se veja em seu nariz nenhuma espinha.

Receio e não compreendo coisas tais como estas,
Mas se eu pintei e bordei como um perfeito louco,
Lembrai como uma criada de roupas modestas
Conhece sempre um jeito de nos dar o troco.

Quanto mais tremo e tomo duma jarra grande
Meu ponche espirituoso à meia-noite, mais
Eu me inquieto, mais me indago por que o Manders
Jantava tanto em nossa casa anos atrás.

A vikings — que afundavam barcos — tais como eu,
Jamais importa o que é culpado do delito,
Seja a ACM, uma DV, uma TB
Ou então o capitão de um porto lá no Egito.

Culpai o mundo e não culpai ninguém — o engodo
Da puta, as ânsias dum amante, censurai;
Porém, acima de tudo, curai a todos;
Não pergunteis se este pecou ou se seu pai.

A choupana está em chamas. O biltre fingido,
O carpinteiro, induziu o padre em logro.
Se eles tivessem, como eu, umedecido
A pólvora, nunca teria havido fogo,

E se eu jamais tivesse sido tal e qual
Eu fui — débil, dissipador e dissoluto,
Nunca teria havido aplauso universal,
E a gente ficaria em casa sem assunto.

Notas ao Apêndice II

v. 2 — *O velho rabugento*: o próprio Ibsen.

v. 6 — *O cavaleiro sujo e dissoluto*: alusão a Falstaff em *As alegres comadres de Windsor* de Shakespeare.

vv. 11-12 — J.C.C. Mays explica assim o sentido desses versos: "Embora o capitão reconheça normas de comportamento sexual, ele não prescreve regras sobre como ele deve-se manifestar". No original, "ducks and drakes" ["patas e patos"], é um jogo infantil em que as crianças atiram pedras achatadas sobre a superfície da água, tentando fazer com que ricocheteiem nela várias vezes antes de afundar. O verso "let gooseys serve or sauce their ganders" parece levar a efeito uma variação de uma velha expressão proverbial, "what is sauce for the goose is sauce for the gander", que significa "o que é bom para um é bom para o outro", mas também da expressão comum "to serve with the same sauce", "dar o mesmo tratamento".

v. 15 — No original, "Thine name is joy" ["Teu nome é alegria"] é um pastiche de "Frailty, thy name is woman!" ["Fragilidade, teu nome é mulher!"], verso de *Hamlet*, Ato I, cena ii, v. 146.

vv. 21, 25 — Os nome Olaf e Haakon não aludem a nenhuma personagem da peça, mas aparecem aqui como menção a tipos opostos — a exemplo de Shaun e Shem em *Finnegans wake* — equivalentes a "Pedro e Paulo".

v. 24 — ... *seu* quantum est *de* Pox Romana: poder-se-ia parafrasear o verso como "sua quantidade necessária de sífilis romana", a palavra "pox" significando sífilis tanto em latim quanto em inglês; mas é claro que aqui Joyce faz um trocadilho com a expressão latina "Pax Romana", isto é, a paz existente entre os diversos membros do Império Romano.

v. 39 — *YMCA, VD, TB*: abreviações para Young Men's Christian Assotiation (Associação Cristã de Moços), "venereal disease" (doença venérea) e "tuberculose".

vv. 45-46 — Engestrand, o carpinteiro, ateia fogo ao orfanato no final da peça, e, com vistas a chantagem, faz com que o Pastor Manders se sinta culpado.

v. 47 — ... *umedecido/A pólvora*: ou seja, por excesso de bebida.

DO MESMO AUTOR
NESTA EDITORA

Giacomo Joyce

Música de câmara

Pomas, um tostão cada

OUTROS TÍTULOS DE TEATRO NESTA EDITORA

CIMBELINE, O REI DA BRITÂNIA
William Shakespeare

TEATRO ARGENTINO CONTEMPORÂNEO
Osvaldo Pelletieri (org.)

TEATRO COMPLETO
Qorpo-Santo

TUTANKATON
Otavio Frias Filho

OUTROS TÍTULOS DESTA EDITORA

AFINADO DESCONCERTO
Florbela Espanca

ALGUMAS AVENTURAS DE SÍLVIA E BRUNO
Lewis Carroll

AS AVENTURAS DE PINÓQUIO
Carlo Collodi

CONTOS DE FADAS
Irmãos Grimm

A COR QUE CAIU DO CÉU
H.P. Lovecraft

O CORAÇÃO DAS TREVAS seguido de O CÚMPLICE SECRETO
Joseph Conrad

O CORPO IMPOSSÍVEL
Eliane Robert Moraes

Defesas da poesia
Sir Philip Sidney & Percy Bysshe Shelley

Diálogo entre um padre e um moribundo
Marquês de Sade

Eros, tecelão de mitos
Joaquim Brasil Fontes

O espelho do mar seguido de Um registro pessoal
Joseph Conrad

A filosofia na alcova
Marquês de Sade

O fogo dos infernos
Aramis Ribeiro Costa

O fogo liberador
Pierre Lévy

O menino perdido
Thomas Wolfe

O mito nazista
Philippe Lacoue-Labarthe
Jean-Luc Nancy

Nos mares do sul
Robert Louis Stevenson

O matrimônio do céu e do inferno e O livro de Thel
William Blake

Pólen
Novalis

Sempre seu, Oscar
Oscar Wilde

Os sete loucos & os lança-chamas
Roberto Arlt

Somos pedras que se consomem
Raimundo Carrero

O terror seguido de Ornamentos de jade
Arthur Machen

O trem e a cidade
Thomas Wolfe

Villa
Luis Gusmán

Este livro terminou
de ser impresso no dia
12 de maio de 2003
nas oficinas da
Associação Palas Athena,
em São Paulo, São Paulo.